Ulrike Piechota

Die Freuden und Leiden des alten Wärther

Heitere Geschichten

Inhalt

Prolog

Adalbert Wärther nickte dem Bild in der Zeitschrift zu, ein Porträt von Goethe. Gerade hatte er einen Artikel über das anstehende Goethe-Jubiläum gelesen. Goethe würde in diesem Jahr zweihundertfünfundsiebzig Jahre werden, wenn er nicht mit dreiundachtzig Jahren gestorben wäre. Adalbert Wärther selbst hatte vor ein paar Tagen seinen achtzigsten Geburtstag gefeiert.

Zweihundertfünfundsiebzig, eine stolze Zahl. Neben der seine achtzig Jahre relativ kurz erschienen. Doch im Gegensatz zu Goethe lebte er noch. Das beruhigte und beunruhigte ihn gleichzeitig. Einerseits war leben schön. Tot würde er noch lange genug sein. Andererseits griff das Alter ungeniert mit all seinen Widrigkeiten nach denen, die das achtzigste Lebensjahr erreichten. Das musste auch der alte Goethe erlebt haben. Aber geschrieben hatte er von den Leiden eines jungen Mannes.

Ein Briefroman, der im Februar und März 1774 entstand. Dichtung und Wahrheit, eigenes und fremdes Schicksal hatte er in diesem Briefroman

verwoben. „Die Leiden des jungen Werther“ – Jüngling liebt verheiratete Frau. Sie erhört ihn nicht. Er erschießt sich. Aus. Ende.
Adalbert Wärther schmunzelte. Ein bisschen mehr würde wohl in diesem berühmten Goethe-Werk zu lesen sein. Er erhob sich, ging zum Bücherregal, fand das gesuchte Buch, setzte sich wieder, schlug die erste Seite auf, las:
„Oh, was ist der Mensch, dass er über sich klagen darf.“ Er schüttelte den Kopf. Heutzutage klagten fast alle Menschen. Über zu wenig Geld, zu viele Autoabgase, lästige Blätter im Herbst. Die Wohnung zu teuer, die Steuern zu hoch, die Nachbarn zu laut, die Wartezimmer der Ärzte zu voll, die Kirche, die Regierung ... Klagen war seltsamerweise modern geworden.
Ich sollte auch viel häufiger klagen, dachte Adalbert. Über mein Alter zum Beispiel. Wer nicht klagt, dem geht es zu gut. So denken viele Menschen. Dabei geht es mir keineswegs jeden Tag gut.
Die meisten Menschen unter achtzig Jahren hatten ja keine Ahnung, wie schwierig es war, täglich gegen die Leiden anzukämpfen, die das Alter nun einmal mit sich brachte! Adalbert seufzte. Als er noch der junge Wärther gewesen war, da hatte es – jedenfalls in seiner Erinnerung – kaum

Leiden gegeben. Doch jetzt war er der alte Wärther, während Tristan, sein fünfzigjähriger Sohn, der junge Wärther war. Und zwar so lange, bis er selbst, der alte Wärther, starb. Danach war Patrick, Tristans Sohn, der junge ... Und so weiter. Das war der Lauf der Dinge. Adalbert zuckte mit den Achseln und wandte sich wieder dem „Jungen Werther“ zu. Er las:

„Gewiss, der Schmerzen wären minder unter den Menschen, wenn sie nicht – Gott weiß, warum sie so gemacht sind – mit so viel Emsigkeit der Einbildungskraft sich beschäftigten ...“ Empört warf Adalbert das Buch auf den Teppich. Hätte dieser junge Werther seine eigenen Worte beherzigt, könnte er noch leben. Und die jungen Leute, die sich in Goethes Zeit nach der Lektüre des „Jungen Werther“ umgebracht hatten, ebenso.

„Oh, Goethe“, sagte Adalbert stumm. „Was hast du dir nur beim Schreiben dieses Buches gedacht?“

Liebeskummer? – Peanuts, wenn das Alter zur Tür hereinkam. Warum hatte Goethe kein Buch über die Leiden des alten Werther geschrieben? Das wäre gerade in der heutigen Zeit so wichtig, wo die Menschheit immer älter wurde. Ein kleiner schriftlicher Trost vom größten deutschen Dichter. Aber nein, die Leiden der jungen Leute waren ihm wichtiger. Also musste ein anderer das Buch ...

Halt! Unwillkürlich schlug Adalbert sich mit der linken Hand an die Stirn. Natürlich, er könnte das Buch schreiben. Die Leiden des alten Wärther. Werther, Wärther, das klang doch ganz ähnlich. Freudig erregt erhob er sich. Jawohl, er würde der Welt von den Leiden des Alters erzählen und Mut machen, sich trotzdem nicht – wie der junge Werther – zu erschießen. Die Menschheit wäre längst ausgerottet, wenn ein gezielter Schuss beim kleinsten Leiden die Option sein würde. Nein, man musste die Leiden ertragen. Warum? Das wusste Adalbert auch nicht so genau.

„Ich weiß nur eins, verehrter Goethe", sagte Adalbert mit fester Stimme, „der alte Wärther erschießt sich nicht so schnell, trotz der Leiden, die das Alter ihm nun einmal beschert."

Nach längerem Nachdenken entschloss er sich, tatsächlich der Verfasser des gewissen Buches zu werden. Eine Weile wollte er all die Leiden, die ihn überfielen, in einem Notizbuch festhalten. Und dann – er warf seinem Laptop einen verheißenden Blick zu –, dann würde das Buch geschrieben, das Goethe nicht geschrieben hatte. Er hob Goethes Werk vom Boden auf und beschloss, eifrig in dem Buch zu lesen. Am besten, er trug das Buch immer bei sich. Dann könnte er, wann er immer er wollte, darin blättern und Goethes Worte bedenken. Denn er wollte nie vergessen: Goethe galt noch immer als der größte deutsche Dichter, von dem man auch heute noch etwas lernen konnte. Vielleicht würde er, Adalbert Wärther, sein Buch auch als Briefroman schreiben und an Heinrich richten, seinen besten Freund. Nun, das würde sich alles finden, sobald das Buch im Entstehen wäre. „Bester Freund ...“ So der Anfang Goethes und Adalbert Wärthers Buch.

„Eine wunderbare Heiterkeit hat meine Seele eingenommen ...“, las er bei dem „Jungen Werther“. Und genau so war ihm in diesem Moment zumute, als er ein leeres Notizbuch aus der Schreibtischschublade nahm, in das er alle Leiden notieren wollte, die ihn in den nächsten Monaten heimsuchen würden. Die Heiterkeit, spürte er, wurde aus dem Entschluss gespeist, noch mit achtzig Jahren als Autor ein Anwalt aller leidenden Überachtzigjährigen zu werden. Und da Heiterkeit mit Freude gleichzusetzen war, schrieb er den Titel seines geplanten Werkes unbeabsichtigt folgendermaßen in das Notizbuch: „Die Freuden und Leiden des alten Wärther“.

Er stutzte, doch dann fiel ihm ein: Es war ja wirklich Freude, in seinem Alter einen auch für ihn selbst überraschenden Plan zu haben. Und an dieser Freude wollte er alle künftigen Leser und Leserinnen teilhaben lassen. „Auf geht's!“, ermunterte er sich selbst und trat hinaus in seinen kleinen Garten. Ein zufriedener Blick hinauf in den blauen Himmel. Wie schön, dass er in seinem Alter noch so rüstig war. Danke, dachte er und sah dem Vogel nach, der hoch in die Lüfte flog.

Der alte Wärther und das große Aufräumen

Der alte Wärther stand am Fenster und sah den Regentropfen zu, die als kleine Bäche an den Scheiben herabflossen. Grau in grau, wohin das Auge blickte. Kein Wetter, das zum Spazierengehen verlockte. Sein Blick fiel auf den Schreibtisch. Dort häuften sich die Zeitungen. Henriette, seine vor zwanzig Jahren verstorbene Ehefrau, hatte ab und zu rigoros diese Zeitungshaufen genommen und in die Altpapiertonne geworfen. Im Gedenken an Henriette machte er sich lustlos an die Arbeit, nahm die oberste Zeitung in die Hand, blätterte ein wenig, blieb bei den Todesanzeigen hängen. Die Verstorbenen waren fast alle plus, minus achtzig gewesen. Bald war es auch für ihn so weit. Dann musste sein Sohn Tristan die Zeitungen entsorgen, den Schreibtisch leer räumen, dazu auch all die anderen Schränke, die mit Dingen vollgestopft waren, die sich nun einmal im Laufe eines Lebens so ansammelten.

Tristan würde Wochen, Monate, vielleicht sogar Jahre brauchen, ehe er mit dieser Arbeit fertig war. Und er würde so einiges finden, was ihn absolut nichts anging. Keine schöne Vorstellung. Also, der alte Wärther seufzte, also musste er wohl selbst die Initiative ergreifen und Tristan einen geordneten Nachlass hinterlassen. Das Regenwetter heute war der beste Zeitpunkt, um damit zu beginnen. Er zog die unterste Schreibtischschublade auf. Der Kaufvertrag des Hauses, über vierzig Jahre alt. Warum war der nicht in dem dafür vorgesehenen Ordner eingeheftet? Er suchte den Ordner, fand ihn, heftete den Kaufvertrag dort ein, legte den Ordner rechts vom Schreibtisch auf den Teppich. Dort sollte alles Wichtige landen, links das Unwichtige. Kontoauszüge der letzten zehn Jahre. Wichtig oder unwichtig? Teils, teils. Jetzt fand er eine Quittung über vierhundert D-Mark. D-Mark gab es schon lange nicht mehr. Links auf den Boden. Die Gebrauchsanweisung für den Staubsauger. Rechter Haufen. Oder? Er sah genauer hin. Ach nein, es drehte sich um den alten Staubsauger, der längst entsorgt worden war. Also links. Ein Brief seiner Tante Ida, vor zweiundzwanzig Jahren geschrieben. Er las den Brief. Tante Ida beschrieb die Hochzeitsfeier ihrer Freundin Edeltraud, die Adalbert niemals kennengelernt hatte. Links. Die Zeichnung des Kindes seiner Cousine Elvira. Der Name des Kindes war ihm entfallen. Ein Strich-

männchen, das drei Arme hatte. Links. Zwei uralte Weihnachtskarten. Eine Gratulation zum siebzigsten Geburtstag. Laborwerte seiner Blutuntersuchung vor dreizehn Jahren. Wurden die noch gebraucht? Nein, wahrscheinlich nicht. Also links auf den Haufen.
Er schaute auf die Uhr. Eine Stunde war schon vergangen. So anstrengend hätte er sich das Aufräumen nicht vorgestellt. Jetzt wollte er sich erst einmal mit einem Salamibrot und einem Bier stärken. Während er aß, blätterte er in dem „Jungen Werther“. Der sich natürlich vor so einem Aufräumen rechtzeitig gedrückt hatte. Der junge Werther schrieb:
„Es ist ein Unglück, Wilhelm, meine tätigen Kräfte sind zu einer unruhigen Lässigkeit verstimmt. Ich kann nicht müßig sein und kann doch nichts tun.“
Adalbert bemerkte den Fettfleck, den seine Finger auf der Buchseite hinterlassen hatten. Man sollte wohl nicht lesen und gleichzeitig Wurstbrot essen. Das jedenfalls hätte Henriette gesagt. Und sich über die unruhige Lässigkeit des Jünglings erregt. Man kann sich auch mal zusammenreißen, wäre ihr Kommentar gewesen. Also riss sich auch Adalbert zusammen und ging gestärkt zurück an den Schreibtisch. In dem Moment läute-

te das Telefon. Tristan wollte wissen, wie es dem Vater ging. Wie? Er räumte auf? „Wirf nur nichts weg“, sagte Tristan besorgt, „was mich noch interessieren könnte.“ Der alte Wärther verdrehte die Augen. Was Tristan bisher nicht interessiert hatte, würde ihn wohl auch nach dem Tod des Vaters nicht interessieren. Tristan widersprach. Die alte Spieluhr mit der Tänzerin aus Porzellan zum Beispiel, die würde er gern ... Adalbert versprach, die Spieluhr beiseitezustellen.
Nach dem Telefonat öffnete er die Kommode im Schlafzimmer. Dort vermutete er die Spieluhr. Falsch. Dort lagen nur alte Fotoalben. Er blätterte in dem gelben Fotoalbum herum. Henriette auf Skiern. Er selbst mit einer Brezel in der Hand. Tristan lachend auf einem Schlitten. Wie alt war Tristan damals gewesen? Vielleicht fünf oder sechs. Ein goldiger Junge mit seinen blonden Locken. Und das auf diesem Foto war doch ... Verdammt, wer war das? Adalbert vertiefte sich in die Fotos. So verging die Zeit. Irgendwann erinnerte Adalbert sich an die Spieluhr. Schwanensee hatte sie gespielt. Er summte die Melodie vor sich hin und stieg auf die Leiter. Oben auf dem Kleiderschrank stand ein Karton mit alten Sachen. Die Spieluhr war ganz bestimmt ... Nein, war sie nicht. Adalbert stieg von der Leiter und ging in

den Flur. Zwischen den Schuhen hatte er doch neulich ... Nein, die Spieluhr hatte er dort nicht gesehen, aber die alte Teekanne aus Keramik. Was hatte die zwischen den Schuhen verloren? Keine Ahnung. Die Spielesammlung im untersten Fach war auch falsch eingeordnet. Wer hatte nur dieses ganze Chaos zu verantworten? Und was bedeuteten die beiden Papierhaufen neben dem Schreibtisch? Ach so, ja, links lag Wichtiges, rechts ... Oder umgekehrt?

Die Turmuhr draußen schlug Mitternacht. Zeit, um endlich ins Bett zu gehen. Morgen war auch noch ein Tag. Im Traum erschien ihm die Spieluhr, behauptete, im Keller zu stehen. Neben dem Werkzeugkasten mit den Nägeln. Adalbert wachte auf, zwang sich, nicht in den Keller zu gehen. Als er dann am Morgen aufstand, schien draußen die Sonne. Der Traum war vergessen, der Kaffee schmeckte würzig, die Erdbeermarmelade erfrischend. Es läutete an der Tür. Die Putzhilfe. Die Papiere auf dem Teppich links und rechts vom Schreibtisch, die Unordnung im Schlafzimmer und im Flur brachten sie nicht aus der Ruhe.

„Wohin mit dem ganzen Kram?“, fragte sie mit neutraler Stimme. Der alte Wärther überlegte nicht lange. Die Papiere zurück in den Schreibtisch, alles andere in die Kommode und auf den

Schrank. Jetzt war Platz zum Putzen. Draußen schien die Sonne. Zeit für einen Spaziergang im Park. Dort setzte er sich auf eine Bank, schrieb in sein Notizbuch:
„Erstes Leiden: Aufräumen für nach dem Tod."
Unwillkürlich musste er trotzdem lachen. Weil nach den vielen mühseligen Stunden des Aufräumens gestern nun doch wieder alles beim Alten war. Unsortiert und irgendwo gelagert. Dass er darüber lachen konnte, war, wenn er genau nachdachte, eine Freude. Er nickte dem jungen Werther zu, der sich unbemerkt neben ihn gesetzt hatte, und sagte: „Junger Freund, so nah also liegen Freuden und Leiden nebeneinander. Hast du das begriffen? Wahrscheinlich nicht. Weil du ganz sicher vor deinem Tod nicht aufgeräumt hast. Habe ich recht? Nun ja, so viele Dinge wie ich hattest du in deinem Alter ohnehin noch nicht. Aber keine Bange: Irgendwann räume ich wieder auf. Versprochen."

Der alte Wärther und das Altenheim

Der alte Wärther dachte nach. Nicht etwa ganz entspannt im Hier und Jetzt, wie es vorhin jemand im Radio empfohlen hatte. Man sollte sich auf einen Stuhl setzen, die Augen schließen und die Gedanken fließen lassen, bis eine wohltuende Ruhe im Inneren entstand. Irgendetwas musste er falsch gemacht haben. Jedenfalls griff statt Ruhe eine schwarze Unruhe nach Adalbert. Sie sprach: „Noch lebst du hier allein in deinem Haus. Doch du weißt, in deinem Alter kann jederzeit etwas passieren. Und dann wirst du ein Pflegefall und ..."

Der alte Wärther sprang auf. Richtig. Und deshalb sollte er sich so bald als möglich um einen Platz im Altenheim bemühen. Damit er noch selbst entscheiden konnte, wo und wie er versorgt würde, wenn er nicht mehr alleine zurechtkam. Noch heute, befahl die Unruhe, sollte er sich auf den Weg machen. Morgen konnte es zu spät sein. Dann würde Tristan ihn irgendwo unterbringen, wo gerade Platz war.

„Niemals!", sagte Adalbert laut in die Stille hinein. In dem Moment läutete das Telefon. Sein Freund

Heinrich forderte ihn zu einem Spaziergang am See auf, war aber sofort bereit umzudisponieren. Ja, gewiss war es sinnvoller, sich endlich einmal um die Zukunft zu kümmern. Eine Zukunft, die jederzeit eintreten konnte.
„Ich habe einen Verdruss gehabt, der mich von hier wegtreiben wird", sagte Adalbert und zeigte auf sein Haus, als sie loszogen. Heinrich wunderte sich. Was redete der Freund so seltsam daher? Adalbert klärte ihn auf. Das hatte er gerade in Goethes Werk „Die Leiden des jungen Werther" gelesen.
Was es damit auf sich hatte, wollte er dem Freund später erklären. Sie waren vor dem Altenheim angekommen, atmeten tief ein und aus, öffneten die Tür und fanden sich in einem mit zwei Blumenkübeln verzierten Vorraum wieder.
Eine Frau mit gelockter Kurzhaarfrisur stellte sich ihnen in den Weg. Waren sie Besucher, die ... Adalbert verneinte. „Wir wollten uns das Altenheim ..." - „Seniorenresidenz", berichtigte die Frau. Adalbert unterdrückte seinen Ärger über die Unterbrechung und fuhr fort: „Also wir wollen uns das Haus hier einmal anschauen. So für später. Vielleicht, wenn wir nicht mehr ..."
Die Frau nickte und stellte sich als Ursula Becker vor. Die beiden älteren Herren wären nicht un-

interessant als künftige Bewohner, da - wie fast überall - auch hier die Frauen in der Überzahl waren. Wie alt waren die Herren? Erst achtzig? So jung noch? Sie lachte neckisch. Sehr klug von ihnen, sich einen Platz in der Seniorenresidenz zu sichern. Frauen kamen meist erst nach dem neunzigsten Lebensjahr. Adalbert wurde unruhig. Sie wollten sich lediglich umschauen, weiter nichts. Ursula Becker lächelte wissend und schlug vor, einen ersten Rundgang mit ihr zusammen zu machen. Sie ging voran.
„Nichts wie weg hier", flüsterte der alte Wärther. Die Frau war ihm, warum auch immer, unangenehm. Doch ehe Heinrich antworten konnte, zeigte Ursula Becker auf den Fahrstuhl. „Hochmodern", kommentierte sie, wies auf den Knopf im Inneren, der so tief saß und so breit war, dass er auch von blinden Menschen nicht zu verfehlen war. Sie fuhren in die erste Etage. Ein langer Gang mit Türen, an denen Namensschilder klebten. Ursula Becker öffnete eine Tür und behauptete, Frau Schneider, die im Moment abwesende Bewohnerin, hätte nichts gegen eine Besichtigung ihres Zimmers durch zwei flotte Herren. Adalbert knurrte Unverständliches und betrachtete das Zimmer. Bett, Tisch, zwei Sessel, ein Schrank, Fernseher, über dem ein Brett instal-

liert war. Auf dem Brett standen neben ein paar Büchern eine Kognak- und eine Portweinflasche. Trunksucht im Alter, fiel Adalbert ein, darüber hatte ihm neulich Tristan einen Vortrag gehalten. Er konnte den Blick nicht von den zwei Flaschen lösen. Vielleicht verfiel jeder dem Alkohol, wenn er in so einem Zimmer auf den Tod wartete. Auf etwas anderes zu warten war Augenwischerei. Frau Ursula Becker konnte keine Gedanken lesen und wies auf die wunderbare Aussicht hin, wenn man aus dem Fenster schaute. Und herrlich ruhig war es hier. Fanden sie nicht auch? Der alte Wärther dachte an seinen Garten, an die Autos, die täglich vorbeifuhren und zusammen mit den Passanten für Leben sorgten. Jedenfalls empfand er das gerade eben so. Sie verließen das Zimmer der abwesenden Frau Schneider und betraten das nächste Zimmer. Dessen Bewohnerin saß im Sessel, fragte, ob sie Polizisten wären, die nun endlich den Diebstahl ihrer goldenen Uhr aufgeklärt hätten.

„Sie ist nicht mehr ganz da“, flüsterte Ursula Becker. Im dritten Zimmer spielten zwei Damen Karten, die hoffnungsvoll darauf hinwiesen, dass das Spiel zu viert viel mehr Spaß machen würde. Vor allem mit zwei Herren, von denen es hier definitiv zu wenig gäbe. Nun wurde der Speisesaal besichtigt, die Terrasse, die hübsch mit Blumen bepflanzt war. Die beiden Freunde erfuhren vom Sitztanz, der jeden Mittwoch stattfand. Vom Ratespiel montags um zehn Uhr. Von den Hand- und Fußgymnastikkursen dienstags, vom Volksliedersingen, falls der Organist der nahen Kirche Zeit hatte.

Alles nicht schlecht. Trotzdem bemerkte Adalbert in Heinrichs Gesicht ein Grausen, das auch seinem eigenen Gemütszustand entsprach. Als sie von Frau Becker ins Büro gebeten wurden, wo sie Name, Adresse und Höhe der Rente hinterlegen sollten, war von draußen Hundegebell zu hören. Das den alten Wärther zu der Frage animierte, ob er mit seinem Hund ein besonders großes Zimmer bekommen könnte. „Hasso ist immerhin ein großer Schäferhund."

„Hund?", japste Ursula Becker. „Was für ein Hund? Natürlich können Sie keinen Hund ..."

„Aber doch sicher meine Katze", nahm Heinrich den Faden auf, den der Freund ihm gesponnen hatte.

„Nein, nein, nein. Für Tiere haben wir kein Personal."

„Wir versorgen unsere Tiere selbst", beruhigte Adalbert sie und versuchte, sein Grinsen zu verbergen.

„Und was ist, wenn Sie bettlägerig werden? Oder dement? Oder ..."

Adalbert wandte sich zum Gehen. Das würden sie ganz bestimmt nicht. Und wenn doch, na ja, weder für seinen Hund noch für Heinrichs Katze wäre das relevant. Vergnügt sahen die beiden Freunde sich an, als sie wieder draußen auf der Straße standen. So übel war das Heim gar nicht gewesen. Bestimmt nicht übler als all die anderen Heime, die sie nicht besichtigt hatten. Und dennoch ... Irgendwie war es noch zu früh, die Selbständigkeit aufzugeben. Obwohl, und auch das wussten die beiden Freunde, obwohl es nie zu früh war, für die Zukunft zu sorgen.
Der alte Wärther setzte sich an den Schreibtisch und schrieb in das Notizbuch:
„Zweites Leiden: „Schäferhunde erfinden, um vorerst das gewohnte Leben weiterzuleben.“
Noch beim Schreiben musste er lachen. War es nicht clever gewesen, den Hund und die Katze zu erfinden? „Gib zu, junger Freund“, sagte er zu dem jungen Werther, der ungerufen durch die Tür kam. „Gib zu, dass wir, also Heinrich und ich, vorhin unseren Spaß hatten. Obwohl so eine Altenheimbesichtigung eine ernste Sache ist. Verzeihung, Seniorenresidenz wollte ich natürlich sagen.“ Er grinste und meinte, auf dem Gesicht des jungen Werther auch ein kleines Lächeln zu erkennen.

Der alte Wärther und die Vergesslichkeit

Der alte Wärther ging durch die Straßen. Ziellos, einfach um des Gehens willen. Gut gelaunt freute er sich über den blauen Himmel, die strahlende Sonne. Der Frau, die sich auf zwei Stöcke stützte, wollte er galant ausweichen. Doch sie blieb vor ihm stehen und grüßte ihn freundlich.

„Ja, guten Tag, Frau ...“, erwiderte Adalbert den Gruß. Verdammt, wie hieß die Frau, die ihm bekannt vorkam? Ach ja, das war doch Frau Wollschläger. Oder war das Frau Knesebert? Oder ... Die Frau lachte ein wenig. Ihm fiel offenbar ihr Name nicht ein. Ihr fiel sein Name auch nicht ein. Ja, Vergesslichkeit war ein Zeichen des Alters. Verärgert schnaubte Adalbert durch die Nase. Bisher hatte er noch nichts davon bemerkt. Nun ja, Frau Freese, endlich hatte er den Namen gefunden, war ja auch sicher einige Jahre älter als er.

„Guten Tag, Frau Freese“, sagte er würdevoll. Die Frau lachte. Ihr Name war Schuster. Das schien Herr Benkwitz vergessen zu haben. Wie? Er war gar nicht Herr Benkwitz? Er war der Herr Wärther? Ach so, dann war er der gewesen, der vor

circa vierzig oder mehr Jahren in ihrem Kurzwarenladen gestanden hatte und Strumpfhalter für seine Frau gekauft hatte.
„Es war Ihnen unendlich peinlich, Herr Wärther, erinnern Sie sich? Strumpfhalter für den Hüfthalter Ihrer Frau ..." Sie kicherte. „Heutzutage", fuhr sie fort, „gibt es so etwas gar nicht mehr. Und wenn, dann ist das niemandem peinlich."
Der alte Wärther beendete diese unerfreuliche Erinnerung mit dem Hinweis, das Reisebüro aufsuchen zu wollen.
„Wie, Sie verreisen noch?" Frau Schuster sah ihn neugierig an. In seinem Alter? Und ganz allein? Oder hatte er etwa eine Partnerin gefunden, die jünger war als er und mit ihm durch die Welt reiste?
Unhöflich drehte der alte Wärther sich um und ging über die Straße. Er seufzte erleichtert auf, weil Frau Schuster sich nicht daran erinnert hatte, wie sie ihn einmal beinahe in flagranti erwischt hatte. Mit einer Frau auf einer Bank sitzend, eng umschlungen, die nicht seine Ehefrau Henriette gewesen war.
Elfriede hatte diese Frau ..., nein, Edeltraud. Rote Haare hatte Edeltraud gehabt. Nein, Edeltraud war auch falsch. Hannelore, Dorothea, Gerlinde, alle möglichen Namen fielen ihm ein. Quälend. Gudrun, Emma, Elise. Falsch. Adalbert blieb ste-

hen, wischte sich den Schweiß von der Stirn. Noch nie hatte er Namen vergessen. Daran war nur die Frau Schuster mit ihrer peinlichen Erinnerung schuld. Langsam beruhigte sich sein Puls und er ging weiter. Beschloss, diese seine Vergesslichkeit nicht weiter tragisch zu nehmen. Namen waren Schall und Rauch. Solange er nichts anderes vergaß als den Namen eines unbedeutenden Flirts, konnte er sich glücklich preisen.
Endlich wieder gut gelaunt kam er zu Hause an. Wo er bemerkte, dass er heute noch etwas anderes vergessen hatte als Namen. Der schwarze Rauch in der Küche war nicht zu übersehen. Auch nicht die glühende Herdplatte, dazu die kohlenartige Masse, die einmal Sauerkraut gewesen war. Er erinnerte sich: Er hatte den Topf mit dem Sauerkraut auf den Herd gesetzt, ein wenig Wasser dazugegossen, die Platte angestellt, auf die Uhr geschaut und zu sich selbst gesagt: „Das Sauerkraut ist in etwa einer Stunde weich. Also kann ich ..." Leider hatte er vergessen, die Herdplatte auf die unterste Stufe zu stellen. Er riss das Fenster auf, versuchte, so gut es ging, den Schaden zu beheben. Wobei es nicht viel zu beheben gab. Der Topf samt schwarzer Sauerkrautkohle kam in den Müll. Den Herd musste ein Elektriker anschauen. Zu allem Übel läutete es durchdringend an

der Tür. Tristan. Unerwartet und mehr als unpassend. Selbstverständlich rannte Tristan sofort in die Küche. Der Vater wurde ja wirklich kriminell vergesslich. Das Haus hätte abbrennen können!

„Ist es aber nicht“, murrte der alte Wärther. Tristan schlug vor, der Vater sollte sich Essen auf Rädern bestellen. „Dann musst du nie mehr verkohltes Sauerkraut und einen wertvollen Topf in den Müll werfen.“

„Jetzt hör aber auf!“, brüllte der alte Wärther. Einmal im Leben hatte er Wichtigeres als Namen vergessen und schon wollte der Sohn ihn entmündigen.

„Davon redet niemand“, brauste Tristan auf. Adalbert konterte mit der zynischen Bemerkung, dass er in seinem Alter täglich so viele Kochtöpfe wegwerfen könne, wie er wolle. Wütend ging er zum Schreibtisch, schlug wahllos eine Seite in Goethes „Jungem Werther“ auf, ging in die Küche und las dem Sohn laut vor: „Warum behalt ich nicht für mich, was mich ängstigt und kränkt? Warum betrüb ich noch dich? Warum geb ich dir immer wieder Gelegenheit, mich zu bedauern und ...“

Tristan fasste sich an die Stirn. Wurde der Vater jetzt auch noch kindisch? Was sollte dieser bescheuerte Satz?

„Halt!“, gebot Adalbert mit lauter Stimme. „Die-

ser wie du ihn nennst ‚bescheuerte Satz' stammt von dem größten deutschen Dichter, Johann ..."
– „Seit wann liest du denn Goethe?", unterbrach Tristan den Vater. Statt einer Antwort sagte der Vater: „Hätte ich als junger Mann aus Liebeskummer Sauerkraut auf dem Herd vergessen, hätte jeder Verständnis für mich gehabt. Verzeihlich, das Missgeschick eines jungen Wärther, der gerade frisch verliebt ist. Einem alten Wärther macht man das gleiche Missgeschick zum Vorwurf und tuschelt hinter seinem Rücken über mögliche Demenz, die ihn bald ..."
„Ich höre mir das nicht mehr an", sagte Tristan und warf die Tür hinter sich zu. Der alte Wärther setzte sich an den Küchentisch und schrieb in das Notizbuch:
„Drittes Leiden: Normale Vergesslichkeit wird einem zum Vorwurf gemacht."
Er schlug das Notizbuch zu und spürte ein Lächeln im Gesicht, das in ein Lachen überging. „Weißt du was, junger Freund", sagte er zu dem jungen Werther, der durchs offene Fenster hereinschaute, „dass ich über die so ungerecht urteilende Menschheit lachen kann und mich nicht halb tot ärgere, ist für mich in diesem Moment eine Freude. Verstehst du das? Wenn nicht, besprich das mal mit deinem Goethe. Der weiß bestimmt, was ich meine."

Der alte Wärther und der Seniorenkreis

Adalberts Nachbarin, Elvira Krause, überredete den alten Wärther, mit ihr zusammen den Seniorenkreis der Kirchengemeinde aufzusuchen. Schon auf dem Weg ins Gemeindehaus schwärmte sie von den Aktivitäten, die dort angeboten würden. Eine gesunde Neugier machte sich in Adalbert breit, als er das Gemeindehaus betrat. Sicher warteten neue, interessante Begegnungen auf ihn, tiefsinnige Gespräche, die den Horizont erweiterten. Zunächst erwartete ihn eine gedeckte Kaffeetafel. Dazu zweiundzwanzig Frauen, die ihn anstarrten.

„Das ist Herr Wärther", sagte Elvira Krause. „Mein Nachbar." Der Stolz in ihrer Stimme war nicht zu überhören.

Ein Mann! Die Frauen konnten es kaum glauben. Eine Frau begann zu klatschen, die anderen fielen begeistert ein. Der alte Wärther hätte am liebsten wieder kehrtgemacht. Da kam aus einem Nebenraum ein zweiter Mann. Er schüttelte Adalbert die Hand und stellte sich als Pfarrer Wogner vor. „Ein Mann", sagte er, „das freut uns besonders."

Adalbert bedachte ihn mit einem scheelen Blick. Der Pfarrer wollte doch sicher auch nicht beklatscht werden, nur weil er ein Mann war.
Eine Frau mit schwarz gefärbten halblangen Haaren zeigte auf einen freien Platz an der langen Tafel. Sie stellte sich als Emmi Butte und Leiterin des Seniorenkreises vor, schenkte ihm Kaffee ein, legte ein Stück Sahnetorte auf seinen Teller.
„Von Frau Merklein gespendet", flüsterte sie. „Sie hatte Geburtstag."
Für Frau Merklein wurde „Lobet den Herren" gesungen. Pfarrer Wogner las einen Psalm vor. Dann verabschiedete er sich. Viel Arbeit, leider. Adalbert sah ihm neidisch nach. Jetzt begann das Kaffeetrinken und zog sich ziemlich in die Länge. Der Geräuschpegel schwoll an. Irgendwann wurde ein Körbchen herumgereicht.
„Für Kaffee und Kuchen", flüsterte Frau Butte und warf selbst fünf Euro hinein.
„Ich dachte, der Kuchen ist gespendet", grummelte Adalbert irritiert. Dann wurden Tassen und Teller abgeräumt. Der alte Wärther atmete auf. Jetzt endlich würde das beginnen, was er sich erhofft hatte. Frau Butte erhob sich, teilte Scheren und buntes Papier aus und forderte die Anwesenden auf, Blätter aus dem bunten Papier zu schneiden.

„Alle Arten von Blättern sind erlaubt. Zum Schluss fädeln wir alle Blätter auf eine Schnur und fertig ist die Girlande zum Erntedankfest in ein paar Wochen."

Eifrig begannen die Frauen zu schnipseln. Adalbert wurde an seine Schulzeit erinnert. „Du musst dir mehr Mühe geben", hatte die Lehrerin ihn ermahnt, weil er absolut kein Geschick zum Basteln hatte. „Wo ein Wille ist, ist auch ein Weg", so ihre Behauptung. Doch Adalbert hatte keinen Willen und daher zeigte sich auch kein Weg. Daran hatte sich in den letzten Jahrzehnten nichts geändert.

„Sie haben ja noch gar nicht angefangen", sagte Frau Krause nach zehn Minuten ein wenig tadelnd. „Oder sind Sie etwa Linkshänder? Frau Butte hält immer eine Schere für Linkshänder bereit."

Immer? Adalbert sah sich misstrauisch in der eifrig Papierblätter herstellenden Runde um. Dann war das Basteln heute offenbar keine Ausnahme? Frau Krause klärte ihn auf. Sie bastelten zu Weihnachten Sterne und Engel, zu Ostern kleine Körbchen für Schoko-Eier, zu ..."

„... Pfingsten Pfingstochsen", hörte Adalbert sich zu seinem eigenen Entsetzen brüllen. Dazu haute er mit der Faust auf den Tisch. Vierundvierzig

erschrockene Augen sahen ihn an. Zusammenhanglos fiel dem alten Wärther ein Satz aus dem „Jungen Werther“ ein: „Manchmal sag ich mir: Dein Schicksal ist einzig; preise die übrigen glücklich - so ist noch keiner gequält worden.“ Das war natürlich übertrieben und ohnehin aus dem Zusammenhang des Goethe’schen Werkes gerissen.
„Trotzdem!“, stimmte er sich selbst zu und sah wütend Frau Butte entgegen, die zu ihm kam und besorgt nach dem Grund seines Ärgers fragte. Ging es ihm nicht gut? War ihm die Sahnetorte auf die Galle geschlagen? Oder musste er dringend einen gewissen Ort aufsuchen? Männer hatten ja häufig Probleme, nun, er wusste schon ...
„Die Toilette ist links den Gang entlang und ...“, flüsterte sie.
„Ich habe mein eigenes Klo!“, schrie Adalbert unbeherrscht, erhob sich und rannte, so schnell es sein Alter noch zuließ, zur Tür. Die er mit einem lauten Knall hinter sich zuschlug.
„So ein ungehobelter Kerl“, stellte die Frau mit der krausen Dauerwelle fest. Niemand widersprach ihr. „Männer“, fuhr die Frau fort. „Männer sind einfach nur primitiv.“
„Meiner ist schon lange tot“, erwiderte die Frau mit dem Dutt.

Auf dem Heimweg begegnete der alte Wärther seinem Freund Heinrich, der ihn aufforderte, ihn am Donnerstag in den Seniorenkreis seiner Kirchengemeinde zu begleiten.
„Da werden oft interessante Vorträge geboten oder ...“ Der alte Wärther hörte nicht weiter zu und ging nach Hause. Wo er in sein Notizbuch schrieb:
„Viertes Leiden: Basteln statt interessanter Gespräche.“
Clever, wie es ihm gelungen war, dem Basteln auf angemessene Weise zu entkommen. „Nun ja, angemessen“, sagte er zu dem jungen Werther, der plötzlich vor ihm stand „das ist wohl eine Ermessensfrage. Sei froh, dass dich früher niemand zum Basteln gezwungen hat. Schade übrigens, dass du nicht dabei warst, als ich ...“ Er warf dem jungen Werther einen überraschten Blick zu. Hatte er da ein Lachen gehört? „Nur zu!“, sagte er. „Lachen ist gesund.“

Der alte Wärther und der Rollator

Eigentlich war der alte Wärther noch ziemlich rüstig. Dass ihm ab und zu die Beine ein wenig schmerzten, ärgerte ihn gewaltig. Ebenso ärgerte ihn die Diagnose seines Arztes: Kein körperliches Gebrechen war schuld, sondern das Alter. „Im Alter kommen nun einmal solche Wehwehchen." Adalbert bescheinigte dem Arzt null Interesse für alte Menschen. Tristan seufzte. Der Vater sollte froh sein, dass er kein neues Kniegelenk brauchte wie viele andere in seinem Alter. Adalbert warf dem Sohn einen schrägen Blick zu. Statt weise Reden zu führen, sollte er ihm besser einen guten Orthopäden besorgen.

Während Tristan am Laptop saß, las der alte Wärther ihm aus dem „Jungen Werther" vor: „Ich habe so viel auszustehen! Ach, sind denn Menschen vor mir schon so elend gewesen?" Tristan fasste sich an die Stirn. Offenbar hatte den Vater eine depressive Phase ergriffen. „Gewiss, wer krank ist, wird bei allen Ärzten herumfragen ...", las der Vater weiter. Tristan zeigte auf den Bildschirm, Doktor Blatt erschien ihm der richtige Orthopäde zu sein. Schon über sechzig, also kein junger Spund, dem der Vater kein Verständnis für ältere Menschen unterstellen konnte.

„Ich gratuliere Ihnen, Herr Wärther", sagte Doktor Blatt nach einer gründlichen Untersuchung. „Man merkt, dass Sie immer in Bewegung geblieben sind. Machen Sie weiter so." Adalbert sah den Arzt ungläubig an. Wollte er damit etwa sagen, seine Schmerzen in den Beinen waren nur simuliert? Oder bestand er auf Adalberts angeblich gesundem Zustand, um nicht mit der Krankenkasse in Konflikt zu kommen, die vor allem bei den über Achtzigjährigen sparen wollte? Doktor Blatt ahnte nichts von solchen Unterstellungen und riet, die Beine regelmäßig mit einer wohltuenden Salbe einzureiben.
Einreiben, er, Adalbert Wärther, seine Beine? Niemals! Seine Mutter hatte sich im Alter stundenlang mit irgendwelchen stinkenden Cremes eingerieben. Er spürte noch heute den Brechreiz wegen dieser sich überlagernden Gerüche.
„Ich jedenfalls", belehrte er den Arzt, „schmiere mich nicht ein. Dann nehme ich doch lieber einen Stock."
Ein Stock, belehrte nun wieder der Arzt ihn, war nicht mit die Durchblutung anregenden Salben zu vergleichen. Trotzdem, er wiegte den Kopf hin

und her, trotzdem war ein Stock nicht schlecht. Ein Stock bewahrte vor Stürzen, die im Alter häufiger ... Adalbert unterbrach ihn. Seine Großmutter hatte einen Stock benutzt und war trotzdem gestürzt. Ungeduldig klopfte Doktor Blatt einen Rhythmus auf dem Schreibtisch und sprach von einem Rollator. Er hielt einen längeren Vortrag über den Nutzen eines solchen Geräts. Bis Adalbert ihn unterbrach. Sollte er, der rüstige Achtziger, etwa ...

„Noch nicht", beruhigte ihn Doktor Blatt.

„Und warum sprechen Sie dann davon?"

Ein Hin und Her zwischen Arzt und Patient begann, wobei keiner der beiden mehr genau wusste, worum es überhaupt ging. Bis Doktor Blatt entnervt ein Rezept für einen Rollator ausstellte, das Adalbert gar nicht gewollt hatte. Aha, dachte er und nahm das Rezept, so krank bin ich nun also doch, dass ich so ein Dings brauche. Habe ich es doch gewusst!

„O Schicksal. O Menschheit", zitierte er beim Gehen den jungen Werther, ging ins Sanitätsgeschäft und legte das Rezept auf die Theke.

„Doktor Blatt hat Ihnen das Rezept ausgestellt?" Die Sanitätsfachfrau nickte mitleidig. Doktor Blatt war dafür bekannt, dass er nicht vorschnell solche Gehhilfen verschrieb. So gebrechlich war der Herr Wärther also? Man sah es ihm gar nicht an. Traurig. Aber gut. Sie zeigte ihm verschiedene Modelle, wollte ihn in die Handhabung einweisen. Der alte Wärther lächelte trübe. Nein danke, er kam ganz gut allein damit zurecht. Lange hatte er ohnehin nicht mehr zu leben, wenn Doktor Blatt ihn schon zu den Schwerkranken zählte. Er nahm die Griffe des Rollators in beide Hände und zog los. Schwierig, das Ding. Aufrecht und schnell konnte man damit nicht laufen. Das aber war er gewöhnt. Er stellte den Rollator an dem Kastanienbaum im Park ab und lief ein paar Runden so schnell und so sicher wie immer. Was eine Frau beobachtete, die mit zwei Stöcken unterwegs war und offensichtlich heftige Schmerzen bei jedem Schritt hatte. Wozu er das Laufgestell, sie zeigte auf den abgestellten Rollator, denn brauchte, wollte sie wissen.

Laufgestell? Adalbert runzelte die Stirn. Hatte sie das unpraktische Ding da gerade Laufgestell genannt? Das klang nun wirklich nach Krankheit!

„Ich wollte, ich hätte so ein Ding“, sagte die Frau in seine Gedanken hinein und hielt ihm ihre zwei Stöcke hin. „Probieren Sie mal aus, wie schwierig das Laufen damit ist.“ Der alte Wärther überlegte nicht lange. Er stellte den Rollator vor die Frau. „Das ist jetzt Ihrer“, sagte er.

„Das können Sie nicht machen, ich kann doch nicht ...“, begann die Frau. Doch da war der alte Wärther schon um die Ecke verschwunden. Die Beine waren auf seiner Seite und hatten jegliche Schmerzen abgeschüttelt.

„Was hast du?“ Tristan sah den Vater entsetzt an. „Deinen Rollator verschenkt? Woher hattest du den überhaupt?“

„Vom Arzt verschrieben. Fälschlicherweise.“

Tristan verstand gar nichts. Nur dass der Vater manchmal ziemlich seltsam war. Der alte Wärther schrieb in sein Notizbuch:

„Fünftes Leiden: vom Arzt missverstanden werden.“

An dem Rollatorenrezept war er, wenn er es genau nahm, selbst schuld gewesen. Hoffentlich hatte jene Frau aus dem Park viel Freude an dem Ding. Als er ihre ungläubige Überraschung noch einmal überdachte, überzog ein Lächeln sein Gesicht. Das musste wie Weihnachten und Ostern auf einmal für die arme Frau gewesen sein.

„Hallo, junger Freund“, begrüßte er den jungen Werther, der ihm beim Schreiben über die Schulter geschaut hatte. „Und für mich war es wie eine Befreiung. Was für ein Segen, dass ich noch ohne Hilfen aufrecht gehen und über die ganze Affäre lachen kann. Oder etwa nicht?“

Der alte Wärther und die Statistik

Der alte Wärther war bei Flederbuschs eingeladen. Es gab kleine Schnitzel, Kartoffeln und Bohnen. Am Salz oder anderen Gewürzen hatte Agathe offenbar gespart. Also fragte Adalbert höflich nach dem Salzstreuer. Falls es auch einen Pfefferstreuer gäbe ... Agathe fiel ihm ins Wort. Sie sprach von den gesundheitlichen Risiken, die zu scharf gewürzte Speisen in sich bargen. „Männer", fuhr sie fort, „denken leider fast nie daran, dass falsches Essen krank machen kann. Und deshalb sterben Männer wesentlich eher als Frauen. Nachzulesen in jeder Statistik. Und warum ist das so?" Sie blickte erst Adalbert, dann ihren Ehemann Bert streng in die Augen. „Weil Männer sich nicht zusammenreißen, wenn es um ihre Lust geht."

Gleich darauf rötete sich ihr Gesicht. Dieser Satz klang doch ziemlich zweideutig. Rasch versicherte sie, dass sie mit der Lust nur Essen und Trinken gemeint hatte.

„Meinetwegen", murmelte Adalbert und kaute auf einem zähen Stück Fleisch herum. Agathe warf ihm einen mitleidigen Blick zu. Er hatte keine Ehefrau mehr, die ihn mit gesundem Essen verwöhnte. Gleich darauf traute sie ihren Augen nicht. Hatte der Kerl doch den Salz- und Pfefferstreuer in der Vitrine entdeckt und schüttete bedenkenlos Salz und Pfeffer über Schnitzel, Kartoffeln und Bohnen. Ja, hatte er ihre Ermahnungen denn nicht gehört? Und jetzt reichte er auch noch Bert das ungesunde Zeugs. Unerhört! Na gut, dann wurde sie eben in absehbarer Zeit Witwe. Triumphierend gab sie bekannt: „Erst vorgestern habe ich zu unserer Tochter Inka gesagt: Inka, wenn einer von uns zuerst stirbt, ziehe ich zu dir."

Adalbert sah erstaunt von seinem Schnitzel auf und fragte nach, wie Agathe das meinte. Wollte sie auch zu Inka ziehen, wenn sie und nicht Bert zuerst sterben würde? Tote konnten doch wohl nicht mehr zu Töchtern ziehen, oder? Agathe kniff die Augen zusammen. Was sollte diese unqualifizierte Bemerkung bedeuten? Verstand der alte Wärther denn gar nichts mehr? Na gut, bei dem Salz- und Pfefferkonsum war nichts anderes zu erwarten. Trotzdem, auch wenn sich sein Verstand offenbar so langsam verabschiedete, war es nicht nötig, ausgerechnet beim Essen vom Tod zu sprechen.

„Du hast angefangen", verteidigte sich Adalbert.

„Du willst zu Inka ziehen, wenn einer von euch zuerst stirbt, hast du gesagt. Angenommen, du stirbst zuerst, müsstest du als Leiche ..." Agathe schlug mit der Faust auf den Tisch. So eine Albernheit musste sie sich nicht anhören. War sie etwa schuld an der Statistik? Darum ging es doch hier, um die Statistik. Und sie war nun wirklich nicht für die Statistik verantwortlich.

Jetzt schlug Adalbert mit der Faust auf den Tisch. Bei ihm und Henriette hatte die Statistik kläglich versagt. Henriette lebte schon lange nicht mehr. Die Statistik konnte ihn mal ...

Bert versuchte, mit ein paar beruhigenden Gesten die Wogen zu glätten. Agathe riss sich zusammen. Überlegte, ob Adalbert nach Henriettes Tod vielleicht gern zu Tristan gezogen wäre. Und weil Söhne alte Eltern nie so gerne aufnahmen wie Töchter – eine Binsenweisheit, die aber auch statistisch nachgewiesen war –, hatte er jetzt aus Enttäuschung den Streit begonnen. Ja, so musste es sein. Und deshalb sagte sie versöhnlich: „Adalbert, ich weiß, du hast es nicht leicht. Immer so allein im Haus. Ich mache mir ernsthaft Sorgen um dich. Hast du schon einmal daran gedacht, in ein Seniorenheim zu ziehen?"

Eine Bohne entglitt der Gabel des alten Wärther und landete auf dem Teppich. Adalbert fühlte sich in eine Krise gestürzt. Wie kam diese männermordende Frau dazu, ihn in ein Seniorenheim zu

befördern? Er sah Agathe mit zusammengekniffenen Augen an. „Du musst dich um mich nicht sorgen. Um mich nicht."
„Natürlich mache ich mir Sorgen." Agathes Augen glühten. „Was wird aus dir, wenn du einmal ..."
„Noch bin ich aber nicht!", brüllte Adalbert, sprang auf, nahm seinen Teller in die Hand und schüttete den Rest Schnitzel, Kartoffeln und Bohnen auf den Teppich. Bert warf ihm einen bewundernden Blick zu. Agathes Mund blieb mehrere Sekunden offen stehen.
So schnell er konnte, lief Adalbert nach Hause, ließ sich in den Sessel fallen und griff nach dem „Jungen Werther". Der klugerweise nicht so alt geworden war, dass er wegen der Statistik zu so drastischen Mitteln greifen musste wie der alte Wärther gerade eben bei Flederbuschs.
„Elender!", las der alte Wärther. „Wie beneide ich deinen Trübsinn, die Verwirrung deiner Sinne, in der du verschmachtest."
Nun ja, dachte Adalbert, so ein Trübsinn wäre mir lieber als das, was ich gerade erlebt habe. Obwohl er ein Grinsen nicht verbergen konnte. Agathes ungläubiger Blick, als die letzte Bohne auf dem Teppich gelandet war. Er nahm das Notizbuch und schrieb:

„Sechstes Leiden: Kränkung durch die mitleidslose Statistik.“

„Zu deiner Zeit“, sagte er zu dem jungen Werther, der wieder einmal aufgetaucht war, „gab es so was wie Statistik noch nicht. Sei froh. Und ja, du hast recht, ich hätte Agathes Teppich nicht versauen dürfen. Doch was soll's, es ist nun mal passiert. Und wenn ich das Heinrich erzähle, werden wir sicher unseren Spaß haben.“

Der alte Wärther und der Ginseng

Als seine Cousine Luise ihm eine Flasche Ginseng schenkte, dachte Adalbert sich nichts dabei. Ginseng, irgendein Stärkungsmittel. Er setzte die Lesebrille auf und las auf dem Beipackzettel: „Bei nachlassender Leistungs- und Konzentrationsschwäche." Er setzte die Lesebrille wieder ab und dachte nach. Er konnte sich nicht erinnern, in seinem Leben je leistungsschwach oder unkonzentriert gewesen zu sein. Auch nicht seit seinem achtzigsten Geburtstag. Im Gegenteil. Er fühlte sich heute und auch an vielen anderen Tagen fit und unternehmungslustig. Was also hatte Luise sich bei dem Geschenk gedacht? Fühlte sie sich vielleicht leistungsschwach und unkonzentriert und schloss von sich auf andere? Dumme Ziege, die Luise. Adalbert begann sich zu ärgern. Irgendwann vergaß er diesen Ärger und schenkte seinem Nachbarn Friedrich (weil er vergessen hatte, für ein anderes Geschenk zu sorgen) zum einundachtzigsten Geburtstag die Ginseng-Flasche. Friedrich bedankte sich herzlich und stellte die Flasche auf den Gabentisch. Ob es die gleiche Flasche war, die er wiederum Adalbert einige Wochen später zu Weihnachten schenkte, war nicht auszumachen. Außerdem wusste Adalbert ohnehin nicht mehr, welche Flasche von Friedrich stammte. Denn unter dem Weihnachtsbaum standen in diesem Jahr drei dieser Flaschen. Ja verdammt, hielt ihn mittlerweile alle Welt für leistungsschwach und unkonzentriert? Der Ärger kam zurück und machte sich in Adalberts Innerem breit. Ärgerlich über diesen Ärger nahm Adalbert sich den „Jungen Werther" vor.

„Ein Strom von Tränen bricht aus meinem gepressten Herzen und ich weine trostlos einer finsteren Zukunft entgegen." Adalbert legte das Buch beiseite. Ja, genau, eine finstere Zukunft lag vor ihm, in der er an Unkonzentriertheit und Leistungsschwäche leiden würde. Jedenfalls behaupteten das die Schenker und Schenkerinnen der Ginseng-Flaschen. Eine schwarze Depression rollte an und wollte sich in ihm ausbreiten. Ein Tattergreis, der sich an nichts mehr erinnern konnte, der sogar das heutige Datum vergessen hatte, der Salz statt Zucker in den Kaffee schüttete, der im Hochsommer die Heizung aufdrehte, der ... Nein! Adalbert stampfte mit dem Fuß auf den Boden. Das war er nicht und das würde er auch nicht werden! Er scheuchte die Depression davon, erhob sich und warf einen wütenden

Blick auf die Ginseng-Flaschen. Nur sie waren schuld daran, dass die Zukunft ihm eine Weile lang nicht mehr erstrebenswert erschienen war. Ja, er hatte sogar kurz an die Schlaftabletten in der Nachttischschublade gedacht. Die ihn, alle auf einmal genommen, vor dem Schlimmsten bewahren konnten.

Ja, verflucht, Adalbert, beschimpfte er sich selbst stumm, bist du denn noch ganz bei Troste? Du bist doch sonst eher ein Optimist. Haben dich diese blöden Flaschen wirklich so ...

Er brach die Beschimpfung ab und stellte die Flaschen nebeneinander auf den Tisch. Sie mussten schnellstens entfernt werden, damit es der Depression nie wieder gelang, sich ihm zu nähern. Sollte er die Flüssigkeit ins Waschbecken schütten, die Flaschen danach in den Glascontainer bringen? Nun ja, sie hatten ja auch Geld gekostet, die mit Ginseng gefüllten Flaschen. Und eigentlich war er ja ein sparsamer Mensch. So wie auch Friedrich, sein Nachbar, ein sparsamer Mensch war. Und deshalb hatte der die ihm geschenkte Flasche Adalbert zurückgeschenkt. Weil sich ihm auch die Depression genähert hatte und er sich an Adalbert rächen wollte. Oder weil er so vergesslich geworden war, dass er gar nicht mehr wusste, wer ihm ... Adalbert grinste hinterhältig

die Flaschen an. Er wusste jetzt, was er mit ihnen machen würde. Mit einem Stift markierte er auf dem Etikett eine winzige Stelle mit einem Punkt. Dann verschenkte er im Laufe der Zeit die Flaschen. Zwei davon bekam er irgendwann zurückgeschenkt. Was ihn auch wieder ärgerte. Beim „Jungen Werther“ las er: „Ist es nicht genug, dass wir einander nicht glücklich machen können ...“ Der alte Wärther schüttelte den Kopf. Na ja, so schlimm war das nun auch wieder nicht. Oder doch? Keine Ahnung. Er pfiff auf seine Sparsamkeit und schüttete die Flüssigkeit ins Spülbecken. Dann nahm er das Notizbuch und schrieb:
„Siebentes Leiden: Geschenke, die der Zukunft eine dunkle Note verleihen.“
Nachdem er sich einen kleinen Kognak genehmigt hatte, schüttelte er über seinen anfänglichen Ärger den Kopf und lachte unverhofft laut los. Die Punkte auf den Flaschen waren doch richtig genial.
„Und was hättest du mit solchen vertrackten Geschenken gemacht, junger Freund?“, fragte er den jungen Werther, der dem Ginseng-Extrakt im Spülbecken versonnen hinterherschaute. „Müßige Frage, ich weiß. Ginseng gab es zu deiner Zeit noch gar nicht. Und wenn doch, so hätte ihn dir niemand geschenkt. Für Ginseng warst du viel zu jung.“

Der alte Wärther und die Bahnfahrt

Adalbert wollte seine Schwester Annemarie besuchen. Mit der Bahn. Weil die Bahn klimafreundlicher war als das Auto. Sehr lobenswert, kommentierte Annemarie am Telefon und erkundigte sich, ob er schon eine Fahrkarte habe. Adalbert lachte ein bisschen. Er hatte das Neunundvierzig-Euro-Ticket, und zwar auf seinem Smartphone. Dachte Annemarie, die fünf Jahre älter war als er, etwa, er wäre nicht mehr fähig ... Nein, nein, beschwichtige Annemarie ihn und wünschte eine gute Fahrt.

Die Fahrt begann auch gut, wenn nicht sogar sehr gut. Der Zug fuhr pünktlich ein, der Fensterplatz in Fahrtrichtung war bequem. Der alte Wärther lehnte sich zurück und fühlte sich einfach nur wohl. Was sich leider nach einer knappen Stunde änderte. Der Zug blieb an einem ziemlich kleinen Haltepunkt stehen. Nach längerer Zeit kam der Zugbegleiter vorbei und erklärte den Fahrgästen, sie müssten alle aussteigen. An der Lok gäbe es einen Schaden. Genaueres wüsste er nicht. Doch leider könne der Zug nicht mehr weiterfahren und würde nun auf ein Abstellgleis gebracht.

Fast alle Fahrgäste stöhnten und rafften ihre Sachen zusammen. So auch Adalbert Wärther. Und dann stand diese Notgemeinschaft auf dem kleinen Bahnsteig und diskutierte eifrig, wie sich die Weiterfahrt gestalten würde. Der nächste Zug würde in einer Stunde kommen, wusste ein Mann mit Schnauzbart.

„Und was machen wir in dieser Stunde?“, wollte eine Frau mit sehr kurzem Rock wissen.

„Warten“, antwortete der alte Wärther.

„Warten?“ Die Frau sah ihn zornig an, als wäre er für das Fiasko verantwortlich. Der alte Wärther blieb gelassen und wies auf die hübsche Landschaft ringsum hin, die man von hier aus in alles Ruhe bestaunen konnte.

„Es ist wunderbar“, sagte er und zitierte damit einen Satz aus dem „Jungen Werther“, den er sich gemerkt hatte. „Es ist wunderbar; wie ich hierherkam und vom Hügel in das schöne Tal schaute, wie es mich ringsumher anzog. Dort das Wäldchen! Ach ...“

„Sind Sie meschugge oder was?“, unterbrach ihn die Frau. Adalbert blieb sanftmütig. „Goethe“, belehrte er sie. „Aus seinem Werk ‚Die Leiden ...‘“

„Der ist total verrückt!“, rief die Frau und zeigte auf ihn. Die Umstehenden betrachteten ihn interessiert und lachten teilweise. Ärgerlich verließ

Adalbert den Bahnsteig, ging ein paar Schritte ins Dorf hinein, bewunderte ein paar Fachwerkhäuser und die kleine Kirche mit dem steinernen Engel links neben der Tür. Hübsch, sehr hübsch. Ohne den Zugausfall hätte er dieses Dorf nie kennengelernt. So hatte doch alles sein Gutes.

Sein Ärger verschwand im Nichts. Bis ihn ein Geräusch aus den positiven Empfindungen riss. Ein Zug. Die von dem Mann mit dem Schnauzbart vorausgesagte Wartestunde war noch nicht zur Hälfte vorbei. Adalbert hetzte zum Bahnhof. Vergebens. Der Zug war weg. Mutterseelenallein wartete er nun auf den nächsten Zug. Der nach vierzig Minuten kam. Nicht mehr ganz so vergnügt wie vorhin in dem anderen Zug ließ Adalbert sich auf einen Platz fallen. Der Anschlusszug war natürlich längst weg. Er rief die Schwester an.

„Ja, die Bahn", kommentierte sie sein Erlebnis. „Ich könnte dir hundert solche Geschichten erzählen."

Was den Bruder wenig tröstete. Er musste über eine Stunde auf den Anschlusszug warten. Der dann aber doch nicht wie angekündigt kam. Ein Baum sei aus ungeklärten Gründen auf den Schienen gelandet, teilte eine Lautsprecherstimme mit. Allgemeines Stöhnen auf dem Bahnsteig.

Entkräftet von der vergeblichen Warterei wollte Adalbert sich auf eine Bank fallen lassen. Ein junges Paar schnappte ihm den Platz vor der Nase weg. Sie taten so, als hätten sie seinen Lauf hin auf die Bank nicht bemerkt. Ja, sie lachten sogar über ihren Sieg, wie Adalbert wütend vermutete. Sein Alter, das niemandem verborgen bleiben konnte, war ihnen offenbar gleichgültig.
Ein Satz fiel ihm ein, den er gestern Abend noch bei Goethe gelesen hatte: „Es ist hier die Frage einer unangenehmen Empfindung." Der Zusammenhang im Text war ihm entfallen. Doch das war auch nicht wichtig. Der Satz traf genau auf ihn zu. Und wurde auch nicht ausgelöscht, als der nächste Zug nach einer knappen Stunde kam, die doppelte Menge Menschen einstieg und Adalbert keinen Sitzplatz mehr fand. Suchend schaute er sich um, lief schwankend den Gang entlang, wäre beinah über einen dort abgestellten Rucksack gefallen. Keine Chance, noch einen freien Platz zu finden. Ja verdammt, er wäre als junger Mensch doch sofort aufgestanden, wenn ein Achtzigjähriger ... Sah er etwa noch so jung aus, dass keinem die Idee kam, ihm den Platz anzubieten? Kurz fiel ihm ein, wie er neulich im Bus fast beleidigt war, als eine Frau ihm ihren Sitzplatz angeboten hatte. Sehe ich etwa schon so alt aus, hatte er ge-

dacht und den Platz abgelehnt. Er hatte ja auch nur zwei Haltestellen weit fahren müssen.
So stand er also jetzt im Gang und wartete auf den nächsten Halt. Irgendjemand müsste dann dort bestimmt aussteigen. Er würde sich mit letzter Kraft auf den freien Platz stürzen. Als eine Frau, mindestens so alt wie er, ihn mitleidig anlächelte, lächelte er zurück. Gequält zwar, aber immerhin. Der junge Werther erschien vor seinem inneren Auge und sagte: „Und nennen Sie mir den Menschen, der übler Laune ist und so brav dabei, sie zu verbergen, sie allein zu tragen, ohne die Freude um sich her zu zerstören." Dass dieser Goethe'sche Satz genau auf ihn im Moment zutraf – obwohl um ihn herum niemand Freude ausstrahlte –, war ihm kein Trost. Seine Beine fühlten sich an wie Pudding. Und beim nächsten Halt stiegen viele Menschen ein, aber keine aus.

Am Abend bei Annemarie setzte er sich in einen bequemen Sessel und beschwerte sich bitter über die Bahn und vor allem über die anderen Fahrgäste. „Fast alle waren jünger als ich", fügte er hinzu. „Aber niemanden haben meine weißen Haare und meine Schwäche interessiert."
„Warum beschwerst du dich eigentlich?", konterte die Schwester. „Du wolltest doch immer jün-

ger aussehen, als du bist. Und stets fitter sein als andere. Also musst du auch die Konsequenzen tragen."

Adalbert ging ins Gästezimmer und schrieb in sein Notizbuch:

„Achtes Leiden: Das Alter ist zu nichts nutze, wenn man es wirklich einmal brauchen könnte."

Er legte sich ins Bett und stellte erstaunt fest: Ausnahmsweise hatte Annemarie einmal recht gehabt. „Hattest du eigentlich auch so eine neunmalkluge ältere Schwester?", fragte er den jungen Werther, der am Bett stand und mit den Schultern zuckte. „Egal. Vielleicht verstehst du trotzdem, dass ich nach diesem Bahnerlebnis ein wenig über mich selbst lachen kann. Hast du je über dich selbst gelacht? Nein, du musst mir nicht antworten. Ich weiß es auch so. Schade eigentlich. Vielleicht hättest du dich dann besser gefühlt und dich für einen anderen Schluss deines Lebens entschieden."

Der alte Wärther und der Pflegedienst

Der alte Wärther erwartete Besuch, den er Tristan zu verdanken hatte. Eine Dame vom Pflegedienst sollte mit ihm zusammen überlegen, ob und wie er sein Haus, wenn nötig, altersgerecht herrichten konnte.

„Besser zu früh als zu spät", war Tristans Kommentar auf den Protest des Vaters hin gewesen. „Jünger wirst du leider nicht."

„Du auch nicht", hatte Adalbert gebrummt, sich aber nicht weiter geweigert. Und nun kam die Dame, stellte sich als Schwester Lotte vor. Adalbert dachte natürlich sofort an den jungen Werther, der eine Lotte vergeblich geliebt hatte. Sicher hatte Werthers Lotte nicht so kurzes Haar gehabt wie diese Lotte, die sich jetzt in seinen grünen Sessel setzte. Adalbert schätzte bei Frauen langes Haar. Doch darum ging es jetzt nicht. Jetzt ging es darum, ob er, so als Mann, allein zurechtkam.

„Ich komme schon seit zwanzig Jahren allein zurecht", belehrte Adalbert die kurzhaarige Lotte. Sie nickte versonnen. Nicht einfach, wenn die Ehefrau den Ehemann viel zu früh verließ. Ließ er sich Essen auf Rädern kommen? Nein? Ja, was aß er denn dann mittags?

„Ich kann kochen“, erwiderte Adalbert leicht verärgert. Einer Frau hätte sie diese Fragen sicher nicht gestellt. Schwester Lotte empfahl für den Fall, dass Herr Wärther schwächer wurde, sich auf jeden Fall das Essen liefern zu lassen.

„Alte Menschen“, wusste sie, „haben oft kein ausgeprägtes Hungergefühl mehr. Da ist es wichtig, dass sie ...“ Adalbert war verwundert, dass er dem längeren Vortrag äußerlich geduldig zuhörte. Erst als Schwester Lotte aufs Trinken kam, unterbrach er sie mit der Behauptung, mindestens drei Liter am Tag zu trinken. Ob das stimmte, war ihm gleichgültig, Hauptsache, die Kurzhaarige wechselte endlich das Thema. Das tat sie tatsächlich und erkundigte sich nach Adalberts Badezimmer. Brauchte er eventuell einen erhöhten Toilettensitz, dazu einen Griff, um sich „nach der Sitzung“ - sie kniff neckisch ein Auge zusammen - hochzuziehen? Oder einen Sitz für die Dusche? Älteren Menschen fiel es oft schwer, im Stehen ...

„Das alles habe ich bereits“, log der alte Wärther. Innerlich schäumte er vor Wut. Wie kam diese Hexe dazu, sich in seine Intimsphäre einzumischen? Kein Mensch hätte gewagt, in das Badezimmer des jungen Wärther einzudringen.

Er stöhnte ärgerlich. Sofort sprang die Schwester auf, lief auf ihn zu und fühlte seinen Puls. Ob es ihm nicht gut ginge, wollte sie wissen. Seine Gesichtsfarbe war dunkelrot geworden. Vielleicht zu hoher Blutdruck? Wo bewahrte er sein Blutdruckmessgerät auf?
„Ich bin topgesund“, wehrte Adalbert ab. „Machen Sie sich keine Sorgen.“
„Doch. Dafür bin ich da“, widersprach Schwester Lotte. „Das ist mein Beruf. Alten Menschen helfen. Spritzen geben, Verbände anlegen und ...“
Weitere Aufzählungen stoppte Adalbert mit der Versicherung, keine Spritzen, Verbände, eigentlich rein gar nichts zu brauchen.
„Das ändert sich manchmal schnell.“ Schwester Lotte zog die Stirn in sorgenvolle Falten.
„Sie machen mir Mut“, erwiderte Adalbert höhnisch, griff nach dem „Jungen Werther“ und las, ohne auf Lottes erstaunte Miene zu achten, laut vor:
„Wenn wir immer ein offenes Herz hätten, das Gute zu genießen, das uns Gott für jeden Tag bereitet, wir würden dann auch Kraft genug haben, das Übel zu tragen, wenn es kommt.“
„Und was soll das jetzt?“, fragte Schwester Lotte. Adalbert seufzte. Diese Begriffsstutzigkeit! Er hatte keine Lust, ihr auf die Sprünge zu helfen.

Also beschloss er, sie mit langatmigen Erinnerungen an die Vergangenheit endlich zu vertreiben. Er begann, von seinen Schwestern zu erzählen, die alle weit vor ihm geboren waren. „Wenn sie alle vier jetzt noch leben würden, wären sie zusammen über dreihundert Jahre alt. Nur Annemarie lebt noch, ich habe sie neulich ..."
Schwester Lotte unterbrach ihn. „Ach, Ihre Schwestern waren so viel älter als Sie? Dann waren Sie wohl ein später Unfall für Ihre Eltern?"
„Wie bitte?" Adalbert glaubte, sich verhört zu haben.
„Ein später Unfall für Ihre Eltern, Sie!", wiederholte Schwester Lotte lauter. Der alte Wärther erhob sich. Was erdreistete sich diese Frau? Wollte sie nach achtzig Jahren seinen Eltern eine ungewollte Schwangerschaft anhängen? Fehlte nur noch, dass sie von Abtreibung sprach, an die seine Mutter gewiss gedacht hätte, wenn sie in der heutigen Zeit leben würde. Ungewollt. Er war also nach dem Urteil dieser Hexe ungewollt. Das musste er sich mit achtzig Jahren nicht sagen lassen. Sie sollte sofort sein Haus verlassen.
„Raus!", brüllte er. Schwester Lotte erhob sich. Was war denn mit dem alten Herrn los? Dement vielleicht? Sie würde seinen Sohn ermahnen, bald einen Platz im Pflegeheim für den Vater zu suchen.

Adalbert war schneller als sie, rief Tristan an, nachdem die Haustür ins Schloss gefallen war. Tristan versuchte, den Vater zu beruhigen. Sicher hatte er da etwas falsch verstanden.
„Habe ich nicht", behauptete Adalbert und legte den Hörer auf. Konnte er etwas dafür, dass er noch so rüstig war, allein für sich sorgte und nie an der absoluten Liebe seiner Eltern gezweifelt hatte? Er nahm das Notizbuch und schrieb:
„Neuntes Leiden: Einmischung in die Intimsphäre, körperlich und seelisch."
Er nickte dem jungen Werther zu, der sich in den Sessel gesetzt hatte, aus dem Schwester Lotte vor ein paar Minuten abrupt aufgesprungen war, und sagte: „Wenn es nichts weiter ist als eine Pflegekraft ohne Einfühlungsvermögen, ist die Welt ja noch halbwegs in Ordnung. Oder was meinst du? Nichts? Na gut, in deinem Alter hat sich noch keine Pflegekraft um dich gekümmert. Beneidenswert. Aber so richtig lachen kann ich über diese kurzhaarige Lotte nun doch nicht."

Der alte Wärther und der schwarze Anzug

Der alte Wärther besaß einen schwarzen Anzug, der schon über zwanzig Jahre alt war. Er passte immer noch ganz gut. Sehr oft hatte er ihn nicht gebraucht, den schwarzen Anzug. Zur Konfirmation seines Enkels Patrick, zu ein paar Beerdigungen, zur goldenen Hochzeit seines Freundes Heinrich. Die meiste Zeit also hing der schwarze Anzug im Schrank. Oder er lag im Koffer, wenn Adalbert auf Reisen ging.

„Wozu schleppst du denn deinen schwarzen Anzug mit?", hatte Heinrich einmal gefragt, als sie zusammen im Allgäu Wanderurlaub gemacht hatten.

„Hast du etwa keinen schwarzen Anzug mit?", lautete Adalberts Gegenfrage.

Nein. Heinrich hatte lediglich praktische Wandersachen im Koffer. Adalbert zog die Augenbrauen in die Höhe. Und was wollte Heinrich machen, wenn in der Zeit ihres Urlaubs ein ihm bekannter Mensch starb?

„Sieh mal, Heinrich", erklärte Adalbert, „meine Tante Betty ist fast hundert Jahre alt, wohnt nur ungefähr fünfzig Kilometer von hier entfernt. Sie kann jeden Tag sterben. Was ist, wenn sie jetzt stirbt, während ich in ihrer Nähe bin? Ich müsste nach Hause fahren und den schwarzen Anzug holen. Oder in der nächsten Stadt einen neuen schwarzen Anzug kaufen, der genau wie mein alter schwarzer Anzug die meiste Zeit nur im Schrank hängen würde. Kein Mensch braucht zwei schwarze Anzüge. Und da es verschiedene Orte gibt, in denen Verwandte oder Freunde von mir wohnen, die sterben könnten, während ich in ihrer Nähe Urlaub mache, nehme ich vorsorglich immer den Anzug mit."

Heinrich kratzte sich am Kopf. Irgendwie hatte Adalbert ja recht. Sein Onkel Ferdinand wohnte im gleichen Ort wie Adalberts Tante Betty. Gesund war er auch nicht, der Onkel. Wenn der jetzt starb ...

Onkel Ferdinand starb ebenso wenig wie Tante Betty. Also konnten die beiden Freunde beruhigt nach Hause fahren.

Irgendwann nach seinem achtzigsten Geburtstag beschloss Adalbert, sich seinen Herzenswunsch zu erfüllen und mit der „Hurtigrute" von Bergen zum Nordkap zu fahren. In seinem Alter sollte man es ausnutzen, wenn man noch rüstig genug für so eine Reise war. Tristan fuhr den Vater zum

Flughafen nach Frankfurt. Flug, Hotelaufenthalt in Bergen, Abfahrt des Schiffes am frühen Morgen – alles ging prächtig. Der alte Wärther fotografierte mit dem Handy und schickte die Fotos an Tristan. Er fühlte sich so richtig wohl, als er sich zum ersten Mittagessen auf dem Schiff die neue Strickjacke überzog. Nach dem Essen wollte er den Koffer auspacken und danach ein Schläfchen machen. Beim Nachtisch – Rømmegrøt, eine norwegische Spezialität – überlegte er, ob er den schwarzen Anzug oben oder unten im Koffer verstaut hatte. Doch wahrscheinlich eher unten, vermutete er und ging gut gelaunt in seine Kabine. Er öffnete den Koffer, griff nach den Hemden, den T-Shirts, der Unterwäsche, den Strümpfen. Bald war der Koffer leer. Wo war der schwarze Anzug? Sorgfältig durchsuchte er noch einmal den Kofferinhalt, den er auf dem Bett ausgebreitet hatte. Kein schwarzer Anzug. So ein Ding konnte sich in keiner Ecke des Koffers verstecken. Unmöglich, ihn zu übersehen. Er hatte den schwarzen Anzug also tatsächlich vergessen! Niedergeschlagen ließ er sich auf den unbequemen Stuhl neben dem Bett fallen. „Auf diesem Schiff“, sagte die Stimme der Vernunft zu ihm, „kennst du niemanden. Also wird auch niemand sterben, zu dessen Beerdigung du den schwarzen Anzug brauchst.“

Adalbert befahl der Stimme zu schweigen. Es ging nicht um jemanden auf diesem Schiff. Er zählte alle Todeskandidaten und -kandidatinnen auf, die im nördlichen Deutschland lebten, die er kannte. Allen voran Cousine Wanda. Sie war viel älter als er und lag seit vier Wochen im Kieler Krankenhaus. Kiel war von jeder größeren Station der Hurtigruten gut zu erreichen. Nur der schwarze Anzug fehlte. Adalbert geriet ins Schwitzen und zog die Strickjacke aus. Was sollten Wandas Kinder denken, wenn er in einer dunkelblauen Strickjacke an der Beerdigung ihrer Mutter teilnahm? Onkel Adalbert, würden sie murmeln, wird auch langsam alt. Völlig verkommen, der alte Greis. Adalbert ärgerte sich. So sollte niemand von ihm sprechen. Niemand! Auch nicht Wandas Kinder, die er, wenn er sich recht erinnerte, höchstens zweimal im Leben gesehen hatte. Wie hießen die überhaupt? Er nahm sein Handy und schrieb Tristan eine WhatsApp. Kannte Tristan die Adresse von Wandas Kindern?

„Ich kenne die Kinder gar nicht“, schrieb Tristan zurück. „Wie kommst du darauf?“

„Erzähle ich dir zu Hause. Schick mir meinen schwarzen Anzug.“

„Wie das? Du bist auf einem Schiff.“

„In Kristiansand machen wir Station. Dahin kannst du den Anzug schicken."
„Geht es so förmlich zu auf dem Schiff, dass du einen schwarzen Anzug brauchst?"
„Nein. Für Wandas Beerdigung."
„Mein Beileid, Papa. Wann ist die Beerdigung?"
„Sie lebt ja noch. Nur für alle Fälle."
Offenbar wurde es Tristan jetzt zu undurchsichtig. Er rief den Vater an und erfuhr, dass der schwarze Anzug nur für den Fall von Wandas Tod gebraucht wurde.
„Sie wird nicht ausgerechnet sterben", sagte Tristan, „wenn du auf der Hurtigrute gen Nordkap fährst. Und wenn, dann kommst du auf keinen Fall pünktlich zur Beerdigung. Und wenn doch, dann kaufst du dir eben einen neuen schwarzen Anzug in Kiel. Oder du ignorierst die Beerdigung und schreibst nur einen Brief, in den du Geld für Blumen legst."
Der alte Wärther kratzte sich am Kopf. Irgendwie klang das logisch, was sein Sohn da von sich gab. Als die Verbindung abrupt unterbrochen wurde, griff er zum „Jungen Werther", den er mit auf die Schiffsreise genommen hatte. Er las: „Und wir gingen auseinander, ohne einander verstanden zu haben. Wie denn auf dieser Welt keiner den anderen so leicht versteht." Nachdenklich schlug

er das Buch zu. In diesem Fall lag Goethes Briefschreiber falsch. Er war mit Tristan auseinandergegangen, das heißt durch irgendwelche telefonischen Gegebenheiten getrennt worden, ohne dass sie sich missverstanden hatten. Das heißt, ihn hatten Tristans Worte überzeugt. Eine Seltenheit, dass der Vater dem Sohn von Herzen recht gab.

Glücklicherweise wusste er nichts von Tristans Gedanken, die den Vater als ziemlich seltsam einordneten. Nun ja, mit achtzig, Tristan seufzte, durfte man schon mal absurde Anwandlungen haben. Denn es war auf jeden Fall absurd, Cousine Wandas Tod ausgerechnet jetzt zu befürchten.

Drei Tage später nahm er seine skeptischen Gedanken, den Vater betreffend, zurück. Und zwar genau zu dem Zeitpunkt, als er die Todesanzeige aus Kiel aus dem Briefkasten fischte. Er überlegte, ob er den Vater schonen und der Post die Schuld daran geben sollte, dass der Brief mit dem schwarzen Rand angeblich nicht pünktlich angekommen war. Nein, er konnte nicht lügen. Also rief er den Vater an.

„Die arme Wanda“, sagte Adalbert. Zu ihrer Beerdigung würde er nicht kommen können. Das Nordkap war noch lange nicht erreicht. Außerdem hatte er ja keinen schwarzen Anzug. Tristan

sollte in seinem Namen kondolieren und einen Geldschein in den Umschlag stecken. Von Tristans Begründung für sein Fernbleiben der Beerdigung erfuhr er nichts.
„Mein Vater kann gesundheitlich die weite Reise nach Kiel nicht mehr bewältigen."
Die Schiffsreise ging weiter. Die Gedanken an den schwarzen Anzug ließen Adalbert nicht los. So stand er versonnen im Nebel am Nordkap, sah wie alle anderen Passagiere der Hurtigrute eigentlich nichts und schwor, nie wieder den schwarzen Anzug zu vergessen. Mit schwarzem Anzug wäre er bestimmt irgendwo vom Schiff gegangen und mit dem Zug oder Flugzeug nach Kiel ... Obwohl so eine Seereise viel schöner war als eine traurige Beerdigung. Wieder in der Kabine blätterte er, wie er es häufig tat, im „Jungen Werther" und las:
„Es geht mir nicht allein so. Alle Menschen werden in ihren Hoffnungen getäuscht, in ihren Erwartungen betrogen ..." Ein wenig ärgerlich schlug er das Buch zu. Der Satz passte nicht auf seine Situation. Oder passte doch. Er wusste es nicht genau. Er nahm sein Notizbuch und schrieb:
„Zehntes Leiden: ein schwarzer Anzug, der nutzlos zu Hause im Schrank hängt."
Der junge Werther winkte ihm durchs Bullauge

zu und sah ihn erwartungsvoll an. „Ja, mein junger Freund“, sagte Adalbert, „wenn nur ein vergessener schwarzer Anzug das Leiden des Alters ausmacht, kann ich mich ja noch freuen. Hattest du je einen schwarzen Anzug? Ich vermute mal: nein. Oder wenn doch, dann höchstens, um auf Hochzeiten fröhlich zu tanzen. Ja, so ändern sich die Zeiten, wenn man alt wird. Obwohl ich auch noch auf der Hochzeit meines Enkels Patrick in dem schwarzen Anzug tanzen werde.“

Der alte Wärther und die Zivilcourage

Der alte Wärther machte einen Spaziergang am Fluss entlang. Die Sonne schien, der Himmel war blau, die Vögel sangen. Die Probleme der Welt waren weit entfernt. Er stieß einen behaglichen Seufzer aus und ging auf einen Strauch zu, um dessen weiße Blüten näher zu betrachten. Da geschah es. Er stieß mit einem Jüngling zusammen, dessen Schädel kahl rasiert war. Die Arme strotzten von Tattoos.

„He Opa!“, schrie der Jüngling. „Kannst du nicht aufpassen? Blödmann!“

Adalberts Füße blieben stehen, sein Kopf wurde heiß vor Zorn. Opa hatte dieser Mensch ihn genannt. An sich eine normale ehrenvolle Anrede. Jedoch alte Leute, die man nicht kannte, Oma oder Opa zu nennen, war demütigend und beleidigend. Darüber hatte Adalbert erst neulich einen Artikel in der Zeitung gelesen. Dazu das Schimpfwort „Blödmann“. Warum nur, dachte Adalbert und ärgerte sich jetzt über sich selbst, warum nur habe ich den Jüngling nicht in seine Schranken verwiesen? Hatte er etwa Angst vor ihm gehabt? Angst, geschubst zu werden oder

Schlimmeres? Man hörte doch täglich von Angriffen auf harmlose Passanten, vor allem von Typen, die aussahen wie jener Jüngling. Zivilcourage nannte man das, was man solchen Typen entgegensetzen musste.

„Junger Mann“, hätte er, Adalbert Wärther, sagen können, „was erdreisten Sie sich? Sie könnten mein Enkel sein. Eine Entschuldigung wäre angebracht gewesen.“ Und so weiter. Um sich abzulenken, setzte er sich auf eine Bank und zog Goethes „Jungen Werther“ aus der Tasche, blätterte ein wenig darin herum und blieb schließlich auf einer Seite hängen.

„... der harmloseste Spaziergang kostet tausend armen Würmchen das Leben, es zerrüttet ein Fußtritt die mühseligen Gebäude der Ameisen und stampft eine kleine Welt in ein schmähliches Grab.“ Nachdenklich schlug er das Buch zu. Richtig. Dagegen war seine unerfreuliche Begegnung gerade eben einfach nur als unwichtig einzuordnen. Wichtiger war, der Natur Ehre zu erweisen. Was im Klartext hieß, dafür zu sorgen, dass weder man selbst noch andere etwas Schädliches für die Natur taten. So wie die Frau und der Mann, vermutlich ein Ehepaar, da vorn am Fluss. Sie packten ein ganzes Toastbrot aus und begannen, den Enten kleine Stücke davon ins Wasser zu werfen. Die

Enten flogen von allen Seiten herbei. Dazu auch Nilgänse und Schwäne. Alle stürzten sich auf das Brot im Wasser. Und ebenso wie beim Menschen: Die Stärksten bekamen das meiste Brot ab.
Ja verflucht, der alte Wärther erhob sich, wussten diese Entenfütterer nicht, dass sie dem Geflügel keinen Gefallen mit dem Brot taten? Enten wurden unfähig, sich selbst Futter zu suchen. Außerdem lockte das aufgeweichte Brot Ratten an. Bei dem Jüngling habe ich versagt, ermahnte Adalbert sich selbst, das soll mir bei den Enten nicht noch einmal passieren. Ruhig trat er zu dem Ehepaar und erklärte ihnen, wie falsch und schädlich das Füttern war.
„Außerdem", fuhr er fort, „ist es eine Sünde, so ein ganzes Brot einfach sozusagen wegzuwerfen. Wissen Sie eigentlich, wie viele Menschen täglich verhungern?" Er seufzte erleichtert auf. Endlich hatte er nicht nur weggesehen, sondern Zivilcourage bewiesen. Dass sich die Gesichtshaut des Mannes feuerrot färbte, beeindruckte ihn nicht. Dass der Mann gleich darauf brüllte, er solle sich zum Teufel scheren, machte ihn wütend. Und dass der Mann ihm danach sehr nahe kam, machte ihn aggressiv. Er spürte, wie sein Adrenalinspiegel in die Höhe schoss. Wollte der unsympathische Fettkloß ihm etwa drohen? Ohne

nachzudenken, riss er der Frau, die seelenruhig weiter Brot in kleine Stücke bröselte und ins Wasser warf, das Brot aus der Hand. Gleich darauf wurde ihm von dem Mann das Brot wieder aus der Hand gerissen. Dazu ein kräftiger Tritt ans Schienbein. Er erwiderte den Tritt und entriss nun wieder dem Mann das Brot. Der beschimpfte ihn als alten Tattergreis, den die Polizei am besten gleich in die Klapsmühle überführen sollte. Adalbert beschimpfte ihn als Naturschänder, der schuld am Artensterben und am Klimawandel und überhaupt an allem wäre. Der Mann ballte die Hände zu Fäusten. Da mischte sich die Frau ein. Sie zeigte auf Adalbert und mutmaßte, dass der vielleicht nur ein Obdachloser wäre, der Hunger hätte. „Und deshalb sollten wir ihm das restliche Brot schenken." Ganz ruhig nahm sie ihrem Mann das Brot aus der Hand und gab es Adalbert. Der so perplex war, dass er kein Wort hervorbrachte. Dem Mann schien es ebenso zu gehen. Adalbert fasste sich an den Kopf. Er, ein Obdachloser? Wie dumm war die Frau eigentlich?

„Wie dumm bist du eigentlich?", fragte ihr Mann, ohne etwas von Adalberts ähnlichen Gedanken zu ahnen. Gekränkt gab die Frau bekannt, dass sie ein wenig mehr vom Elend dieser Welt verstünde als er.

„Lassen Sie sich das Brot schmecken“, sagte sie zu Adalbert, zog ihren Mann energisch am Arm, sodass der gezwungen war, mit ihr zusammen weiterzugehen. Der alte Wärther sah den beiden nach und erinnerte sich an folgenden Satz aus Goethes Werk: „Ich sehe nichts als ein ewig verschlingendes, ewig wiederkäuendes Ungeheuer.“ Wobei ihm nicht ganz klar war, wer in diesem Fall das Ungeheuer darstellte. Unverhofft riss ihn eine raue Stimme aus seinen Überlegungen. Eine Frau, etwa in seinem Alter, fragte ihn mit tadelnder Stimme, ob er das Toastbrot in seiner Hand etwa an die Enten verfüttern wollte. „Das ist ...“, begann sie, doch Adalbert hörte nicht weiter zu. Er drückte ihr das Toastbrot in die Hand und schlug den Heimweg ein. Kurz vor seinem Haus begegnete er Heinrich, dem er sein Erlebnis brühwarm erzählte.
„Das hätte böse für dich enden können“, stellte der Freund besorgt fest. „Du bist nicht mehr der Jüngste, Adalbert. Der Mann hätte dir sonst was antun können. Wir in unserem Alter sollten uns besser zurückhalten. Wir können froh sein, wenn wir in Frieden gelassen werden und unsere Tage in Ruhe verbringen. Wir verändern die Welt nicht mehr.“
Der alte Wärther widersprach. Niemand war zu alt, um wenigstens ein ganz kleines bisschen

Zivilcourage zu zeigen und damit etwas für die Weltverbesserung zu tun.
„Wozu sich in Gefahr begeben? Zivilcourage? Schön und gut. Aber ..." Heinrich zuckte mit den Achseln. Adalbert hörte nicht weiter zu und ging frustriert von Heinrichs Worten und vor allem von den unerfreulichen Begegnungen mit dem tätowierten Jüngling und den Entenfütterern nach Hause. Dort setzte er sich auf die Terrasse und schrieb in sein Notizbuch:
„Elftes Leiden: Zivilcourage im Alter wird nicht immer positiv aufgenommen."
Er sah den jungen Werther an der Terrassentür stehen und sagte: „Da staunst du, was? Ja, Toastbrot gab es zu deiner Zeit noch nicht, vermute ich jedenfalls. Und Enten fütternde Ehepaare, die vor Dummheit strotzen, vielleicht auch nicht. Und das Sprichwort „Die Mutter der Dummheit ist immer schwanger" erst recht nicht. Aber was rede ich da, ich weiß gar nicht, ob dich das neben deinem dämlichen Liebeskummer überhaupt interessiert."

Der alte Wärther und die Briefwahl

Der alte Wärther hatte sich schon immer für Politik interessiert. Nicht zur Wahl gehen war für ihn keine Option. Das wäre ja noch schöner: nichts für die Demokratie tun und sich hinterher beschweren. Was übrigens, wie häufig mittels Befragungen bekannt gegeben wurde, ziemlich eingerissen war. Es wurde eine niedrige Wahlbeteiligung erwartet. Adalbert verstand die Wahlverweigerer nicht und studierte sorgfältig die Programme der verschiedenen Parteien, versäumte keine Fernsehsendung, in der Politiker/innen sprachen, interviewt wurden oder sich sonst wie in Szene setzten.

„Ich wähle", versicherte Adalbert seinem Freund Heinrich, „und wenn ich auf Krücken ins Wahllokal oder auf einer Trage ..." Mitten im Satz hielt er inne. Er war am Wahlsonntag ja gar nicht zu Hause. Sein Cousin Luitpold wurde neunzig. Die Fahrkarte für den IC nach Nürnberg hatte Adalbert schon gekauft. Heinrich empfahl Briefwahl. Natürlich! Adalbert fiel ein Stein vom Herzen. Er beantragte die Unterlagen für die Briefwahl, machte sorgfältig seine Kreuze, klebte den Um-

schlag zu und warf ihn in den Briefkasten am Marktplatz. Alles war korrekt gelaufen.
Am Abend spürte Adalbert ein seltsames Stechen in der Magengegend. Ein Magengeschwür? Onkel Waldemar war vor sechzig Jahren an einem Magengeschwür gestorben. Nein, sagte Doktor Unkenbach am nächsten Tag in seiner Sprechstunde (er galt als begnadeter Internist), nur eine kleine Magenverstimmung. Er schrieb ein Rezept, empfahl irgendeinen Kräutertee, nickte, als Adalbert ihn auf die Reise am Sonntag ansprach. Selbstverständlich konnte Herr Wärther reisen.
Adalbert ging in die Apotheke, hoffte, der begnadete Internist hatte sich nicht geirrt. In der Nacht wachte er schweißgebadet auf. Im Traum war der Umschlag mit seiner Briefwahl verloren gegangen. Zehn Angestellte suchten unter den Schreibtischen, in den Regalen, rissen den Teppichboden heraus. Adalbert erhob sich, griff zu Goethes „Jungem Werther“, hoffte, dort etwas zu finden, was den Traum vertrieb.
„Ich weiß nicht, ob täuschende Geister um diese Gegend schweben oder ob die warme, himmlische Fantasie in meinem Herzen ist, die mir alles ringsumher so paradiesisch macht.“
Ein wenig ärgerlich schlug Adalbert das Buch zu. Paradiesisch war sein Traum und damit seine

Befürchtung nun wirklich nicht. Eher höllisch. Nun ja, von Briefwahl verstand Goethe nichts. Logisch. Damals hatte es Briefwahl noch gar nicht gegeben. Nach einem Glas Wasser legte Adalbert sich wieder ins Bett, fuhr jedoch nach zehn Minuten entsetzt auf. Was war, wenn der begnadete Internist ausnahmsweise eine falsche Diagnose gestellt hatte und der Tod vor der Tür stand? Mit achtzig Jahren musste man schon einmal damit rechnen. Als er ein Geräusch hörte, sprang er wieder aus dem Bett.

„Noch nicht!", rief er dem vermeintlichen Tod zu, der für das Geräusch verantwortlich gewesen war. Irrtum. Eine kleine Bö hatte das gekippte Fenster klappern lassen. Adalbert schloss das Fenster und dachte an die Wahl am Sonntag. Wie gut, dass er seiner Bürgerpflicht nachgekommen war und Briefwahl ... Halt! Bei dem Wort blieb sein Gehirn stehen. Briefwahl, Briefwahl ... Was passierte mit einer Briefwahl, wenn der Briefwähler oder die Briefwählerin vor dem Wahlsonntag starb? Diese Frage sollte sofort geklärt werden. Gab es so etwas wie einen Notdienst im Rathaus? Nein, ganz bestimmt nicht. Und der medizinische Notdienst war für so ein Problem nicht zuständig. Tristan? Der tat doch immer so, als wüsste er auf jede Frage eine Antwort. Also rief Adalbert Tristan an.

„Was willst du wissen?“ Tristans Stimme klang nicht freundlich. „Was mit den Kreuzen auf den Briefwahlunterlagen eines Toten geschieht? Keine Ahnung.“ Er seufzte, damit der Vater hören konnte, wie lästig es manchmal war, einen alten Vater zu haben.
Nicht mehr lange, dachte Adalbert gekränkt und bat den Sohn, sich am Wahlsonntag nach den Wahlunterunterlagen des verstorbenen Vaters zu erkundigen. „Ich will nicht umsonst meine Kreuze gemacht haben. Verstehst du?“
Nein. Tristan verstand nicht und beendete das Telefonat. Wieder im Bett, fiel ihm ein, dass einem Toten die Farben Schwarz, Grün, Gelb, Rot nicht mehr interessieren würden. Nur noch als Farben der Blumen auf dem Grab und dann ...
Grab. Tristan brach der Schweiß aus. Er griff zum Telefon.
„Was willst du?“, fragte Adalbert, der zehn Minuten zuvor endlich eingeschlafen war. „Wissen, wie es mir geht? Blendend, nachdem ich mich mit einem kleinen Kognak beruhigt habe. Und jetzt lass mich schlafen.“
„Und was ist mit ... mit der ... also Briefwahl?“, stotterte Tristan.
„Deswegen rufe ich morgen im Rathaus an. Gute Nacht.“

Weil am nächsten Morgen die Sonne schien, vergaß der alte Wärther vorerst die Briefwahl, dachte erst wieder daran, als er am Sonntagvormittag im Zug saß. Er zuckte mit den Achseln. Jetzt hatte das Rathaus geschlossen und tot war er ohnehin nicht. Er holte den „Jungen Werther" aus der Tasche, blätterte und las: „Das war eine Nacht, Wilhelm! Nun überstehe ich alles." Adalbert dachte an die Nacht mit dem Albtraum und nickte. Auch wenn der Goethe'sche Briefschreiber etwas ganz anderes gemeint hatte, passte dieser Satz auch für ihn, Adalbert Wärther, Jahrhunderte nach dem Erscheinen des „Jungen Werthers". Wieder zu Hause, schrieb er in sein Notizbuch:

„Zwölftes Leiden: unnütze nächtliche Ängste."

Er schüttelte über sich selbst den Kopf. Wieso hatte er in jener Nacht so hysterisch reagiert? Dass der junge Werther auftauchte, war er nun schon gewohnt. Er nickte ihm zu und sagte: „Wenn das Altersleiden so harmlos ist wie meine in der Nacht ausgestandenen Ängste wegen der Briefwahl, dann ist es relativ gut zu ertragen. Aber das verstehst du nicht, weil du dir nichts unter einer Briefwahl vorstellen kannst."

Der alte Wärther und der Besuch

Der alte Wärther freute sich immer über Besuch. Es gab ein kleines, aber gemütliches Gästezimmer im Haus, das er schon am Tag zuvor für Elise hergerichtet hatte. Staub saugen, Bett beziehen, mehr war nicht zu tun. Zufrieden sah er sich um. Jawohl, seine Nichte Elise konnte kommen. Wie alt war Elise eigentlich, überlegte Adalbert und kam auf die Zahl Zweiundsechzig. Genau, er war mit achtzehn Onkel geworden. Was ihn damals ziemlich kaltgelassen hatte. Mit achtzehn hat man andere Interessen als Nichten oder Neffen. Das hatte sich im Laufe der Jahre geändert. Jetzt freute er sich, dass ihn auch die jungen Verwandten nicht vergaßen. Er schmunzelte. Direkt jung war Elise ja nun auch nicht mehr.

Ob jung oder alt, war gleichgültig. Er ging mit Elise essen und genoss die Plauderei mit ihr. Das Frühstück zu zweit am nächsten Morgen war auch unterhaltsamer, als allein mit dem Radio oder der Zeitung Kaffee zu trinken. Als kein Tropfen Kaffee mehr in der Kanne war, schaute Elise sich um, zeigte auf die große Terrassentür,

die hinaus in den Garten führte. „Hast du keine Putzfrau, Onkel Adalbert?“
„Doch, doch“, erwiderte der alte Wärther. „Momentan ist sie krank. Warum fragst du?“
„Weil“, Elise wiegte den Kopf hin und her, „weil man durch das Glas kaum noch hinausschauen kann.“ Was auf jeden Fall stark übertrieben war. Adalbert lachte ein wenig, scherzte, sobald er die Tür öffnete, könnte Elise sogleich die Gartenpracht draußen sehen. Elise zog die Stirn in Falten. Ihrer Meinung nach waren Dreck und Staub kein Anlass zur Heiterkeit. Der alte Wärther wurde hellhörig. Wie meinte sie das denn? Wollte sie etwa sagen, sein Haus wäre ...
„Nein, nein“, unterbrach Elise ihn. „Aber wie heißt es so schön: Wehret den Anfängen. Weißt du was, Onkel Adalbert? Ich putze jetzt diese Scheibe da und fertig. Nein, keine Widerworte. Ich mache das gerne für dich.“
Tatendurstig suchte sie in der Küche nach den nötigen Putzutensilien. Missmutig holte Adalbert Eimer, Schwamm und Tücher aus der kleinen Kammer neben der Küche. Spiritus, verlangte Elise, Küchenrolle, alte Zeitungen. Während Adalbert suchte, räumte Elise die Terrassentür frei. Die störende Stehlampe stellte sie neben den Esstisch, den kleinen Tisch mit dem Zeitungs-

stapel in die linke Zimmerecke. Bevor sie sich wieder der Terrassentür widmete, warf sie einen Blick auf das Datum der Zeitungen. Uralt! Hatte sie es doch schon vermutet. Nichts als Staubfänger. Also weg damit in den Papiercontainer vorm Haus. Als sie zurück ins Wohnzimmer kam, fand sie den Onkel irgendetwas suchend vor. Etwa die Zeitungen? Sie schüttelte den Kopf. Die waren entsorgt. Wie? Die waren wichtig gewesen? Ja wofür das denn?

„Da sind Artikel in den Zeitungen, die ich immer mal wieder durchlese." Elise wunderte sich. Wenn das so war, sollte er beim nächsten Mal solche Artikel ausschneiden und sorgfältig in einem Ordner aufbewahren.

„Alte Zeitungen", so ihr Fazit, „sind nichts anderes als eine Quelle muffigen Geruchs."

Adalbert hatte wenig Lust auf einen Streit, ging an seinen Schreibtisch und blätterte in dem „Jungen Werther" herum. Vielleicht fand er eine Stelle, die ihm aus diesem Dilemma heraushelfen konnte.

„Was das für Menschen sind, deren ganze Seele auf dem Zeremoniell ruht, deren Dichten und Trachten jahrelang dahin geht, wie sie um einen Stuhl weiter hinauf bei Tische sich einschieben wollen ..." Er schlug das Buch zu. Das war kein Hinweis, wie er Elise davon abhalten konnte, seine Terrassentür zu bearbeiten. Es war ohnehin zu spät. Als er zurück ins Wohnzimmer kam, stand die Nichte hoch oben auf der Leiter und wischte mit dem Schwamm die linke Ecke der Tür aus. Fluchtartig verschwand Adalbert in die Küche und genehmigte sich dort einen kleinen Schluck Kognak. „Fehlt nur noch, dass sie von der Leiter fällt“, grummelte er vor sich hin, sah sich schon die 112 anrufen. Sanitäter in roten Westen würden kommen, Elise auf eine Trage packen und ihm vorwurfsvolle Blicke zuwerfen. Musste er die nicht mehr ganz junge Frau als Putzfrau missbrauchen? Dazu war sie noch eine Besucherin, der man die Schönheiten der Stadt und der Umgebung zeigen sollte. Aber doch nicht ...

„So, fertig, Onkel Adalbert.“ Elise kam in die Küche, schüttete das schmutzige Wasser weg und füllte den Eimer mit sauberem Wasser aus der Leitung. Entgeistert starrte Adalbert sie an.

„Ich putze rasch noch die anderen Fenster“, erklärte sie.

„Welche denn?“, fragte Adalbert.

Wie? Alle Fenster hier im Haus? Das war doch nicht nötig. Das würde seine Putzfrau kurz vor Ostern machen. Elise lachte. Kurz vor Ostern? Bis dahin waren es ja noch Wochen. Und so lange wollte er mit verdreckten Fenstern leben? Nein, das konnte sie nicht zulassen. Und schon räumte sie alle Blumentöpfe von den Fensterbänken, verlangte nach dem Staubwedel.

„Siehst du nicht die Spinnweben über den Fenstern? Deine Putzfrau scheint blind zu sein. Also der Staubwedel ist auch schon in die Jahre gekommen. Morgen fahren wir in die Stadt und kaufen einen neuen."

So ging das bis zum Mittagessen. Überall, wo Adalbert auftauchte, war es ungemütlich. Nichts, was in der Nähe eines Fensters gestanden hatte, stand mehr da, wo es vorher gestanden hatte. Adalbert kochte Nudeln mit Tomatensoße und Käse, da Elise Vegetarierin war. Erleichtert registrierte er, dass ihr die Nudeln schmeckten. Nur der Salat fehlte ihr.

„Einmal am Tag musst du Gemüse essen, in dem Fall Salat. Sonst fehlt dir bald alles Mögliche im Körper und du baust schneller ab als nötig." Adalbert zuckte mit den Achseln. Um alle Zutaten für einen deftigen Salat zu kaufen, war durch Elises Putzwahn keine Zeit gewesen.

„Du hättest ohne mich einkaufen können", belehrte Elise ihn. Adalbert nickte und versuchte, seine Ohren auf Durchzug zu stellen. Was gingen seiner Nichte eigentlich seine dreckigen Fenster an? Aber nein, er wollte keinen Streit provozie-

ren. Sogar, als sie am Nachmittag das Bad akribisch putzte, blieben seine Lippen verschlossen.
„Nein, es ist gut. Es ist alles gut“ las er bei Goethe und las es immer wieder, bis Elise endlich den Putzeimer putzte und zum Trocknen auf die Terrasse stellte. Jetzt wollte sie mit ihm den kleinen Berg da hinter dem Haus besteigen und nach Rehen Ausschau halten. Rehe, hatte sie gelesen, gab es hier in der Gegend mehr als genug.
„Ich weiß nicht“, sagte Adalbert, der keine Lust auf den Berg verspürte, „ich weiß nicht, ob die Rehe sich herauswagen, wenn wir da herumlatschen.“
Elise verzog die Mundwinkel. Wer hatte denn von herumlatschen gesprochen? Sie würden sozusagen schleichen, stumm auf einer Stelle stehen und auf die scheuen Tiere warten. Der alte Wärther seufzte und zog sich Schuhe an.
„Die könnten auch mal wieder geputzt werden“, Elise zeigte auf die Schuhe.
„Was gehen dich eigentlich meine Schuhe an?“ Jetzt konnte der alte Wärther sich doch nicht mehr zurückhalten.
„Nun ja“, antwortete Elise und war kein bisschen verlegen dabei, „auf euch alte Leute muss man doch ein bisschen aufpassen. Das ist nicht böse gemeint, Onkel Adalbert.“

Sie zeigte ein neckisches Lächeln, das Adalbert nicht erwiderte. Elise warf einen Blick in den Kühlschrank, nahm zwei kleine Wasserflaschen heraus. Wasser, so ihre Devise, musste man immer griffbereit haben.

„Und los geht's", sagte sie gut gelaunt. Adalbert versuchte, seinen Ärger, so gut es eben ging, zu verscheuchen. Ärger war ja auch gar nicht angebracht, tadelte er sich stumm selbst. Die Nichte meinte alles gut. Nur merkte sie leider nicht, wie sie ihn bevormundete. Mit Taten und mit Worten. Vielleicht sollte er ihr das doch einmal vor Augen halten. Während sie bergauf schritten, überlegte er seine Wortwahl.

„Liebe Elise, ich weiß ja, du meinst es gut. Aber gut gemeint ist noch lange nicht gut. Verstehst du?" – Nein, das würde sie nicht verstehen. Schließlich hatte sie sich für den Onkel abgerackert. Alle Fenster im Haus zu putzen war kein Pappenstiel.

„Liebe Elise, ich bin dir natürlich dankbar für all deine Mühen. Aber ob ein Fenster blitzsauber ist oder nur sauber, ist mir so egal wie der Stein da auf dem Weg." – Nein, das war einfach nur unfreundlich.

„Morgen", sagte Elise in seine Überlegungen hinein, „morgen werde ich mir die Teppiche vor-

nehmen. Teppiche nehmen schnell Gerüche an, wenn man nicht achtsam ist."
Der alte Wärther blieb stehen. Wollte sie damit sagen, bei ihm im Haus roch es schlecht?
„Keineswegs", beruhigte ihn Elise. „Aber es könnte irgendwann einmal dahin kommen."
Könnte, könnte, der alte Wärther wunderte sich über seine Geduld. Bemerkte aber, dass es nicht mehr lange dauern würde, bis sie auf Nimmerwiedersehen verschwunden war, die Geduld. Er beschloss, das Thema zu wechseln, um dieses Phänomen nicht zu erleben. Also erzählte er seiner Nichte, dass er vor Kurzem die Klassiker neu für sich entdeckt hatte und mit Interesse den „Jungen Werther" von Goethe las.
„In deinem Alter?" Elise verbarg ihr Staunen nicht. „Lobenswert, ja, bestimmt. Aber pass nur auf, Onkel Adalbert, wenn du das ganze depressive Zeugs liest, also pass auf, dass du nicht selbst ... nun, du weißt schon."
„Nein, weiß ich nicht." Adalbert hatte die Stimme erhoben. Was dachte diese Person sich eigentlich? Kaum zu glauben, dass sie mit ihm verwandt war. Vielleicht im Krankenhaus vor zweiundsechzig Jahren vertauscht?
„Ach, weißt du", sagte er sarkastisch, „ich liebe Depressives. Neulich war ich in einer Dichter-

lesung: depressive Gedichte eines Psychopathen. Das war großartig."

Elise blieb stehen, hielt einen kurzen Vortrag über Altersdepression und empfahl, sich Hilfe zu holen. „Heutzutage kann man auch noch als alter Mensch einen Platz bei einem Psychotherapeuten oder bei einer Psychotherapeutin beanspruchen. Außerdem ..."

„Da – ein Reh!", unterbrach Adalbert den Vortrag. Er zeigte nach links. Elise strengte ihre Augen an, sah aber nichts.

„Ja, da ist dein alter Onkel wohl schneller gewesen", sagte Adalbert grinsend und ging zügig weiter.

Kurz vorm Schlafengehen schrieb er in sein Notizbuch:

„Dreizehntes Leiden: von jüngeren Verwandten beurteilt und bevormundet zu werden."

Er winkte dem jungen Werther zu, der sich auf das Bett gesetzt hatte. „War es nicht toll, wie ich Elise einfach überlistet habe?", fragte er ihn. Da er wie immer keine Antwort bekam, schmunzelte er vor sich hin und griff nach dem Schlafanzug.

Der alte Wärther und der Sinn des Lebens

Der alte Wärther kochte Nudeln. Dazu eine Tomatensoße mit Salamistücken. Er war schlecht gelaunt, und seine Laune wurde nicht besser, als er merkte, dass er vergessen hatte, Parmesankäse zu kaufen. Eigentlich, dachte er und rührte die Nudeln um, eigentlich ist es total egal, was ich esse. Nach höchstens fünfzehn Minuten ist die Mahlzeit beendet. Warum machte er sich eigentlich die Mühe, etwas Schmackhaftes zuzubereiten? Er fand keine Antwort, ging ins Wohnzimmer, trat durch die Terrassentür in den Garten, betrachtete den Apfelbaum, der in voller Blüte stand. Den Baum im Herbst zu beschneiden war ebenso wie das Kochen auch mit Mühe verbunden. Und nach dem Tod waren die Mühe des Kochens, des Apfelbaumbeschneidens und alle sonstigen Mühen im Leben total sinnlos geworden. Sehr deprimierend. Irgendwann kam der Tod und damit war alles aus und, wie gesagt, sinnlos.

Eine Episode aus seiner Kindheit fiel ihm ein. Als kleiner Knirps war er zu seiner Mutter gerannt

und hatte gefragt, wozu die Menschen denn überhaupt da waren. Die Mutter war mit einer Näharbeit beschäftigt und hatte Unverständliches vor sich hin gemurmelt. Was eindeutig Desinteresse oder Nichtwissen bedeutete. Also machte der kleine Adalbert kehrt mit der Einsicht: „Sie werden wohl zu gar nichts da sein, die Menschen."
Was ihn damals nicht weiter gestört hatte. Jetzt plötzlich war das anders geworden. Kinder und Narren sagen die Wahrheit, so die Behauptung eines Sprichwortes. Da er damals ein Kind (auf keinen Fall ein Narr) gewesen war, sollte er seinen Gedanken von vor fünfundsiebzig Jahren nicht verwerfen, sondern darüber nachdenken. Das tat er und kam zu dem Schluss: richtig. Sinnlos. Jedes menschliche Dasein war sinnlos. Traurig, aber wahr. Er ging in die Küche, goss die Nudeln in ein Sieb und nahm sich den „Jungen Werther" vor. Mal schauen, ob der zu einer anderen Einsicht gelangt war. Vermutlich nicht, sonst hätte er sich wohl kaum erschossen.
„Man möchte rasend werden, Wilhelm", las Adalbert, „dass es Menschen geben soll ohne Sinn und Gefühl an dem wenigen, was auf Erden noch einen Wert hat."
Aha, Adalbert nickte. Auch Goethe hielt nur wenig auf dieser Welt für wertvoll. Er warf dem Ap-

felbaum einen unfreundlichen Blick zu. Wozu blühte der so überaus prächtig? Nur um ein paar Äpfel zu produzieren, die bald gegessen und vergessen waren. Sinnlos. Zurück im Haus probierte er eine der Nudeln aus dem Sieb. Scheußlicher Geschmack. Er hatte Zucker und Salz verwechselt. Also gab es keine Nudeln. Brot mit Spiegelei war die Alternative. Er hatte aber keinen Appetit auf Brot mit Spiegelei. Auch wenn es im Angesicht des Todes völlig egal war, was er aß, heute bestand er auf Nudeln mit Tomatensoße und Salami. Das Leben war sinnlos, die Menschen waren zu gar nichts da und die Nudeln waren verzuckert. Er lachte ungut auf, nahm sein Portemonnaie und ging in die Stadt.

Beim Italiener am Markt gab es Nudeln mit Salami und Tomatensoße. Der Italiener hatte Ruhetag. Typisch. Vielleicht hätte er dort die Sinnlosigkeit alles Essens vergessen. Aber nein, das Schicksal war gegen ihn und verschloss das Lokal. Ein geöffnetes Lokal suchen? Keine Energie. Mit schleppenden Schritten ging er nach Hause. Dort blieb dann nur noch Brot mit Spiegelei, um den trotz aller Sinnlosigkeit knurrenden Magen zu beruhigen. Dieses karge Mahl sandte kein Signal aus, positiv auf das Leben an sich zu blicken. Zum Totlachen, so einen erhellenden Strahl überhaupt von Brot und Spiegelei zu erwarten. Zum Totlachen. Woher kam diese Wortkombination, die doch streng genommen gar nicht zueinander passte? Tot und lachen? Sicher eine Erfindung eines Menschen, der von der gleichen Erkenntnis überfallen war wie er, Adalbert Wärther, heute, im Angesicht der ungenießbaren Nudeln und des Apfelbaums. Er lachte höhnisch auf. Immerhin war es besser, sich totzulachen als totzuweinen. Dann hatte man wenigstens zum Schluss noch etwas Spaß.

Achtzig Jahre. Was kam danach? Himmel, Hölle, Begriffe, die heutzutage kaum noch relevant schienen. Weil es sinnlos war, sich ein Jenseits auszumalen, das es vielleicht gar nicht gab.

Telefon. Heinrich. Adalbert ließ ihn nicht zu Wort kommen und fragte sofort, ob Heinrich auch an die Sinnlosigkeit des Lebens glaubte.

„Um Himmels willen", erwiderte Heinrich. „Unser Staubsauger hat vorhin seinen Geist aufgegeben, letzte Woche war es die Waschmaschine, morgen wird es sonst was sein. Das geht ins Geld, Adalbert. Und da soll ich über ... was war das noch mal ... nachdenken?"

Adalbert beendete das Telefonat abrupt und rief Tristan an. Tristan war schließlich der junge Wärther und hatte die Pflicht, noch an den Sinn

des Lebens zu glauben. Tristan war gerade mit der Reparatur des Rasenmähers beschäftigt und hörte dem Vater nur mit halbem Ohr zu. Sinn des Lebens, was wollte der Vater ausrechnet jetzt damit? Und wieso machte der sich überhaupt Gedanken darüber? Wenn das Leben sinnlos wäre, könnte man sich doch gleich erschießen. Er lud den Vater zum Sonntagsessen ein. Da könnten sie weiter über den Sinn des Lebens diskutieren. Jetzt war der Rasenmäher wichtiger.
Adalbert stieß geräuschvoll Luft aus der Nase. Kein Wunder, dass Tristan im zwölften Schuljahr das Angebot für einen Philosophiekurs nicht genutzt hatte. Interesse für das, was über einen Rasenmäher hinausging, konnte man von ihm nicht erwarten.
Adalbert ging an den Schreibtisch, blätterte wie so oft in der letzten Zeit, im „Jungen Werther“ herum. Erschießen, hatte Tristan gesagt, ohne Lebenssinn könnte man sich erschießen. Dann hätte der junge Werther ganz in Tristans Sinn gehandelt. Nein, falsch, Werther hatte sich ja aus einem ganz anderen Grund erschossen. Oder? Vielleicht war der Liebeskummer nur vorgeschoben? Um das zu ergründen, müsste man den ganzen Briefroman noch einmal durchackern. Adalbert machte eine wegwerfende Geste und schlug

irgendeine Seite des Buches auf. Am 19. Oktober, las er, schrieb der junge Werther folgendes: „Ja, es wird mir gewiss, Lieber! Gewiss und immer gewisser, dass an dem Dasein eines Geschöpfs wenig gelegen ist, ganz wenig."

„Na also. Sinnlos. Habe ich es doch gewusst!", sagte der alte Wärther laut in das stille Zimmer hinein. Eine Weile hörte er seinen eigenen Worten nach. Bis er sich erhob und nachdenkend zwischen Fenster und Tür hin und her ging. In Gedanken sprach er mit dem jungen Werther, redete ihn mit „lieber junger Freund" an. Fuhr fort: „Hast du je an etwas anderes als an deinen Liebeskummer gedacht? Was hältst du vom Sinn des Lebens? Nichts? Gut, das habe ich verstanden. Da sind wir uns ja einig. Aber bringe ich mich nun gleich deswegen um? Nein, ich stelle mich meinem Leiden, der Sinnlosigkeit, und mache weiter. Warum? Das verstehst du nicht. Du wirst auch nicht verstehen, dass ich jetzt sofort die Lieferbar anrufe, die es hier am Ort gibt, und mir Nudeln mit Tomatensoße, Salami und Käse bestelle. Dazu einen knackigen Salat. Ja, da staunst du, was? Das erstaunt mich selbst, wenn ich ehrlich bin. Da fällt mir ein: Gab es zu deiner Zeit schon Nudeln mit Tomatensoße und Salami? Vielleicht bei Goethes Italienreise? Frag ihn mal und bestell ihm einen schönen Gruß von mir. Sag ihm: Der alte Wärther erschießt sich nicht so schnell trotz seiner Leiden, die das Alter so mit sich bringt. Das habe ich ihm übrigens schon zu Anfang gesagt, als ich den Entschluss gefasst hatte, das Buch über die Leiden des Alters zu schreiben."

Adalbert ging zum Telefon. In einer Stunde würde ihm das Essen geliefert werden. Eine tolle Erfindung der modernen Zeit, dachte er. Und als das Essen auf dem Tisch stand, sagte er zu sich selbst: „Sinn oder nicht Sinn, das ist nur manchmal die Frage." Es schmeckte ihm so gut, dass er sich plötzlich mit der Hand an die Stirn schlug, weil ihm eine überaus wichtige Erkenntnis gekommen war. „Wer wirklich am Sinn des Lebens zweifelt", sagte er zu dem jungen Werther, der immer noch im Raum war, „dem ist leckeres Essen gleichgültig. Also, was folgerst du? Keine Ahnung? Nun, pass auf, was ich jetzt mache." Er schrieb in sein Notizbuch:

„Vierzehntes Leiden: Schlechte Laune mit der Frage nach dem Sinn des Lebens verwechseln."

„Und weißt du auch, warum ich das jetzt so formuliere?", setzte er sein Gespräch mit dem jungen Werther fort. „Weil das Essen der Lieferbar so köstlich ist. Und weil ich erkannt habe, dass mich der Sinn des Lebens eigentlich gar nicht geplagt hat. Einfach nur schlechte Laune. Und ich habe dieser Laune auch noch nachgegeben und sie höher bewertet, als ihr zusteht. Was meinst du? Das sollten alle Menschen schnellstens nachprüfen, die angeblich nur noch schwarzsehen? Richtig. Und so ermahne ich auch dich: Hab Freude am Leben. Übrigens auch an dem so herrlich blühenden Apfelbaum da draußen im Garten. Und vergiss nicht, dass der Mensch Gottes Geschöpf ist. Und mit dieser Einsicht erübrigt es sich, am Sinn des Lebens zu zweifeln. Auch wenn so manche unserer menschlichen Fragen unbeantwortet bleiben."

Epilog

Der alte Wärther saß am Schreibtisch, las all die Leiden noch einmal durch, die er bisher in seinem Notizbuch notiert hatte. Er stützte den Kopf in die rechte Hand und dachte nach. Waren diese seine Leiden nicht auch Freuden gewesen? Jedenfalls hatte er darüber zum Schluss immer ein wenig schmunzeln oder sogar lachen können. Und lachen, das hatte er in seinem Leben gelernt, erleichterte so manches. Lachen können war doch eigentlich eine Art Freude. Auch wenn es ein Lachen über gewisse Leiden war. An diesem Punkt war jedenfalls seine Lebenserfahrung angekommen. Das mochte bei jedem Menschen anders sein. Und in diesem Augenblick bedauerte er all diejenigen, die über solche Leiden, die er erlebt und aufgeschrieben hatte, nicht lachen konnten. Denn um der Wahrheit gerecht zu werden: Seine, Adalbert Wärthers Leiden hatten nichts mit den Leiden einer schweren Krankheit zu tun. Oder mit dem Tod eines lieben Mitmenschen. Oder ... Nun, die Reihe der wirklich ernsthaften Leiden war lang und sah für jeden anders aus. Er schlug Goethes Werk auf, das ihn nun einige Zeit beglei-

tet hatte, und las: „... und niemand weiß, wie weit seine Kräfte gehen.“
Adalbert nickte. Sehr richtig, was der Goethe da geschrieben hatte. Er blätterte weiter und blieb an einer anderen Stelle im Buch hängen:
„Die menschliche Natur hat ihre Grenzen, sie kann Freude, Leid, Schmerzen bis auf einen gewissen Grad ertragen und geht zugrunde, sobald der überstiegen ist.“
„Bleibt zu hoffen“, sagte der alte Wärther zu einem nicht anwesenden Publikum, „dass dieser Grad nicht so schnell erreicht wird. Denken wir immer daran: Lachen öffnet nicht nur den Mund, sondern auch das Herz, und erleichtert damit so einige Leiden. Nicht alle, aber das sagte ich ja schon.“